制作只属于你的童话书

爱丽丝梦游仙境

（英）刘易斯·卡罗尔 著
（韩）梁恩惠 绘
路 冉 译

·北京·

아름다운 고전 컬러링북3 - 이상한 나라의 앨리스 컬러링북

Copyright © 2015 by Yang Eun Hye

All rights reserved.

Simplified Chinese copyright © 2022 by Beijing ERC Media,Inc.

This Simplified Chinese edition was published by arrangement with Booklocompany Through Agency Liang.

本书中文简体字版由Booklogcompany授权化学工业出版社独家出版发行。
本版仅在中国内地（大陆）销售，不得销往其他国家或地区。未经许可，不得以任何方式复制或抄袭本书的任何部分，违者必究。

北京市版权局著作权合同登记号：01-2019-5002

图书在版编目（CIP）数据

制作只属于你的童话书. 爱丽丝梦游仙境/（英）刘易斯·卡罗尔著；（韩）梁恩惠绘；路冉译. —北京：化学工业出版社，2022.2

ISBN 978-7-122-34648-3

Ⅰ.①制… Ⅱ.①刘… ②梁… ③路… Ⅲ.①童话-世界-现代 Ⅳ.①I18

中国版本图书馆CIP数据核字（2019）第114134号

责任编辑：罗　琨　　　　　　　　　装帧设计：尹琳琳
责任校对：宋　夏

出版发行：化学工业出版社 (北京市东城区青年湖南街13号　邮政编码100011)
印　　装：凯德印刷 (天津) 有限公司
710mm×1000mm　1/16　印张10¼　字数88千字　2022年9月北京第1版第1次印刷

购书咨询：010-64518888　　　　　　售后服务：010-64518899
网　　址：http://www.cip.com.cn
凡购买本书：如有缺损质量问题　本社销售中心负责调换

定　价：49.80元　　　　　　　　　　　　　　版权所有　违者必究

填色童话书,再现经典

有些故事,人们对它的喜爱跨越了时代的阻碍,我们称之为经典。它们美妙、深奥,刺激我们的想象力,令我们每次阅读都会有新的收获。

《制作只属于你的童话书》正是挑选了这些广受大众喜爱的经典作品,并配以新颖而富有趣味性的插图,使读者们可以亲手为童话世界上色。

准备好彩色铅笔、蜡笔或彩色水笔,尽情发挥你的想象力和创造力,为插画填色吧!

这将会是一本由你亲手完成的、世上独一无二的经典童话书!

在一个洒满金色阳光的午后,
我们在水上悠然地荡着小舟。
她们慵懒而笨拙地划着双桨,
乱晃着小手,
像是要给船儿指点方向。

唉,这三个要命的孩子!
在这美妙的时刻,在像美梦一样的大好时光,
在我连呼吸都变得轻柔,
轻到最轻盈的羽毛都无法拂动的时候,
嚷着要听我讲故事!
可是,一个人可怜巴巴的声音,
又怎么能赢过三个孩子叽叽喳喳的吵嚷呢!

第一个孩子演讲似地说:
    "开始吧。"
第二个孩子用温柔的声音请求道:
    "我要听最最最离奇的故事!"
第三个孩子则平均每分钟就会插嘴打断我一次。

忽然间，孩子们都安静了下来，
沉入了幻想的王国。
她们跟着一个小姑娘，
在充满新奇和惊异的梦幻王国里穿梭，
和各种小动物对话，
简直分不清是梦幻还是现实。

想象力的源泉渐渐变得干涸，
故事也讲完了。
疲惫的"故事大王"试图转换话题：
"下次再继续讲吧。"
意犹未尽的孩子们嚷道：
　"现在就是下次！"

就这样，我讲述了一个发生在奇妙幻境的故事，
离奇的故事一段接着一段，
最后终于收了尾。

在不知不觉中渐渐西斜的落日下，

小船夫们划着船儿回了家。

爱丽丝!用你柔软的小手,
把这个充满童真的故事带走吧,
然后把它放在你神秘的记忆里,
放在你儿时千奇百怪的梦境旁。
就像朝圣者从遥远的国度,
摘回的花。

目录

1. 掉进兔子洞 /1
2. 泪水池 /11
3. 会议式赛跑和长故事 /22
4. 兔子派来小比尔 /35
5. 毛毛虫的忠告 /49
6. 小猪和胡椒 /61
7. 疯狂的茶会 /75
8. 王后的槌球场 /89
9. 素甲鱼的故事 /103
10. 龙虾四对舞 /117
11. 谁偷了馅饼? /131
12. 爱丽丝的证言 /142

1. 掉进兔子洞

爱丽丝和姐姐在河边坐着,因为没什么事情可做,她开始感到无聊。她瞄了两眼姐姐的书,只见书上既没有插画,也没有文字。爱丽丝心想:"既没有图画也没有文字的书到底有什么好看的呢?"

于是爱丽丝开始遐想(虽然天气很热,让她犯困,但她还是努力去想)。用雏菊做个花环应该挺有趣的,但还得起身去摘花,好麻烦呀!这时,一只长着粉红色眼睛的白兔从她身边跑了过去。

爱丽丝并没有感到吃惊,就连听到白兔子自言自语地说着:"哎呀!老天爷!我要迟到了!"时,她也没觉得吃惊。(尽管后来回想起这件事时,她的确觉得很古怪,但当时她却觉得这十分正常。)兔子从马甲的口袋里掏出一块怀表,看了一眼时间后,就赶忙跑了。这时爱丽丝才猛地跳了起来,因为她从来没有见过穿马甲的兔子，而且那只兔子还从口袋里掏出了一只怀表！这激起了爱丽丝的好奇心，她追着兔子在田野上跑了起来，而且刚好看到那只兔子跑进了一个树丛下的兔子洞里。

爱丽丝紧跟着跳了进去。

这个兔子洞就像一条笔直的隧道，但不久却突然转向下方。还没等她停下脚步，就掉到了一口深井里。

不知道是因为洞太深，还是她坠落的速度太慢，在坠落的过程中，爱丽丝居然还能打量四周，而且有足够的时间来揣测接下来将会发生什么。爱丽丝先是往下看了看，想弄清楚自己会掉在哪儿，可下面黑漆漆的一片，什么也看不到。于是，爱丽丝开始打量井壁，发现壁上都是橱柜和书架，还挂着好多地图和图画。在经过一个橱柜时，爱丽丝顺手拿过一个写着"橘子酱"的瓶子，可打开一看，里面却什么都没有，这让她失望极了。爱丽丝担心，如果把瓶子随手扔掉，说不定会砸死下面的某个人，所以在坠落的过程中，她又费了好大的力气，把瓶子放到了另一个架子上。

"经过这次，以后就算从楼梯上滚下去，也没有什么好害怕的了。等回到家，家里人都会夸我勇敢的！哼，就算是从屋顶上掉下来，我也不会吭一声的！"（这倒是，从屋顶上掉下来的确会摔得吭不了声。）

就这么掉呀，掉呀，该不会就一直掉下去吧？"到现在我已经掉

落了多深了？"爱丽丝疑惑着，大声喊了出来。

"好像快要掉到地球中心了。让我想想，那也就是掉落了大约四千英里了……（爱丽丝在学校学到了一些这类知识，虽然现在好像并不是显摆的时候，也没有人听，不过反复念叨也是种不错的学习方式。）没错，就是这么远。不过，这里的经度和纬度是多少呢？"（尽管爱丽丝压根儿就不明白经度和纬度是什么意思，但她觉得这么说挺像那么回事的。）

爱丽丝紧接着又说道：

"再这么掉下去，说不定会穿过地球呢！要是冷不丁地出现在那些头朝下倒立着走路的人群中，该多么好笑啊！那个什么对称点❶……（爱丽丝很庆幸没人听到她说话，因为这个词自己好像说错了。）不过我好像得打听打听那是个什么国家——打扰了，太太，请问这里是新西兰还是澳大利亚？（她一边念叨，一边还试图恭敬地屈膝行礼，关键是她人现在还在半空中呢！能屈膝行礼才怪！）如果我这么问，人们肯定会觉得我是个无知的小姑娘！我不能这么问，它的名字肯定会在某个地方写着，等我看到它就能知道了。"

继续往下掉呀，掉呀，实在没有别的事儿可做，爱丽丝就又开口了：

---

❶ 地球直径两端的点称之为"对极"—译者注。

"今晚黛娜肯定会非常想我。（黛娜是一只小猫。）到了下午茶时间他们可千万别忘了给黛娜准备一碟牛奶。黛娜，我的好朋友！要是你也和我一起掉到这里来就好了！可惜空中没有老鼠，但你说不定可以抓到蝙蝠。我们大家都知道，它和老鼠可像了呢！不过话说回来，猫吃不吃蝙蝠呢？"

这时候，爱丽丝开始犯困了。像说梦话般，一会儿嘟哝着"猫吃蝙蝠吗？"，一会儿又说成了"蝙蝠吃猫吗？"显然，这两个问题她哪个都答不上来，所以不管是猫吃蝙蝠还是蝙蝠吃猫，这都不要紧了。这时，爱丽丝做起梦来，她梦到自己和黛娜手牵手走着，她认真地问："黛娜，告诉我，你有没有吃过蝙蝠？"就在这时，扑通一声，爱丽丝掉到了一堆树枝和枯叶上面。总算是掉到底啦！

爱丽丝没有受一丁点伤，她马上站了起来，抬头向上看去，却只有漆黑一片。向前看去，前面是一条长长的路，刚才那只兔子正慌里慌张地朝前跑。爱丽丝看到它跑过了拐角，嘴里还嘟哝着："哎呀，耳朵们！胡子们！我们迟到啦！"她紧跟着跑过去，可是在拐了个弯之后，兔子却不见了。只剩下爱丽丝自己，站在一条长长的走廊上，头上的天花板矮矮的，还挂了一排灯。

走廊两边的墙上有许多门，爱丽丝从头走到尾，把所有门都试着开了一遍，发现这些门全都上了锁。她困惑地回到了走廊中央，思考着怎样才能从这里走出去。

忽然,爱丽丝看到了一张只有三条腿的小玻璃桌,桌面上放着一把小小的金钥匙。她想,用这把钥匙肯定能打开其中一扇门。可不知道是因为锁头太大,还是钥匙太小,总之没有一扇门可以被打开。爱丽丝再次仔细环顾四周,发现在一块帘子后还藏着一扇小门,而这扇小门只有三十多厘米高!爱丽丝试着把钥匙插进锁里,发现正好合适!

打开小门,爱丽丝看到的是一条只有老鼠洞大小的通道。她跪在洞口向里望去,看到黑漆漆的通道那头有座花园。爱丽丝还从来没有见过这么漂亮的花园呢!她好想穿过通道,跑到花园里玩耍,在缤纷的花朵和凉爽的喷泉之间穿梭嬉戏。可是门太小了,连她的脑袋都伸不进去。她心想:"就算我的头过去了,肩膀也过不去啊!唉,要是我能像望远镜一样缩小就好了!不过只要找到方法,我想我应该能变小。"如你所见,已经发生了太多奇怪的事情,所以爱丽丝开始相信,没有什么是不可能的。

爱丽丝想,就算继续待在门口等着,自己也不会缩小,于是她重新回到那张桌子旁,想看看有没有别的钥匙,或者一本教人变小的书。这回她在桌子上发现了一个小小的瓶子(爱丽丝嘟囔道:"刚才我没看见这个瓶子啊。")瓶颈上挂着一张卡片,上面写着两个漂亮的大

字——喝我。

"喝我",这两个字她当然认得,不过聪明的爱丽丝并没有急着喝下去。

"不,我得先看看这瓶子上是不是还写着'毒药'才行。"

爱丽丝是读过几个关于小孩子被烧伤或被猛兽吃掉的小故事的,那些惨事都是因为小孩子没有记住大人告诉的简单规则才发生的。例如,长时间握住烧红的拨火棍,手就会被烧伤;被刀子割破的话,手就会流血。爱丽丝可是清清楚楚地记得,万一喝了写着"毒药"的瓶子里的东西,身体会非常难受的。

她仔仔细细地看了瓶身,并没有发现"毒药"两个字,于是她先尝了一小口瓶里的东西,那味道真的很不错,于是她一口气全都喝光了。(瓶子里的东西像是混合了樱桃馅饼、蛋羹、菠萝、烤火鸡、太妃糖、热黄油吐司等各种美妙的味道。)

"这是什么感觉?我好像正在变小!"

爱丽丝真的变小了,现在,她变得只有二十五厘米,完全可以穿过小小的门洞,跑到美丽的花园里去玩耍了。想到这里,爱丽丝高兴坏啦。她又等了几分钟,想看看自己会不会变得更小并开始有点儿担心:

"再这么缩小下去,我该不会像蜡烛的火苗那样彻底消失吧?那时我又会是什么样子呢?"

爱丽丝想象蜡烛熄灭时火苗的样子,因为她从来没见过那样的场景。

又等了一会儿,确定自己没有继续变小,爱丽丝就想去花园里瞧瞧。可是,可怜的小爱丽丝!当她跑到小门前面,才发现自己把钥匙落在了玻璃桌上,于是她又跑回了桌子旁。可是对变小了的爱丽丝来说,桌子实在太高啦!透过玻璃桌面,她清清楚楚地看到钥匙就躺在那里,可是桌腿太光滑了,她怎么也爬不上去。费了半天力气之后,爱丽丝累得筋疲力尽,坐在地上伤心地哭了起来。但紧接着,她又严厉地对自己说道:"别哭了!哭也不能解决问题!限你一分钟内停止哭泣!"

爱丽丝经常这样自己劝自己。(尽管她很少听自己的劝告。)有时她批评得太严厉,甚至把自己都训哭了。还有一次,爱丽丝自己和自己玩起了槌球(门球),因为其中一个自己在游戏中作弊,她还打了自己一个耳光呢。这个奇怪的小女孩,总是喜欢一人分饰两角。

"可是现在装成两个人也没用啊。连做一个正常人都很难了。"爱丽丝心想。

这时，她瞧见桌子下面放着一个小玻璃盒子，里面装着一块小小的蛋糕，上面用葡萄干拼出了两个字——吃我。

好吧，那我就吃了你。要是我能变大的话，就可以拿到桌上的钥匙；要是我变得更小，我就能从门缝里钻过去了。

爱丽丝吃了一口蛋糕，就着急地问自己："我是变大了，还是变小了？"还摸了摸自己的头，想看看自己是变大还是变小了，结果却发现自己一点儿没变。正常情况下，吃一口蛋糕当然不会有什么变化啦，可是现在爱丽丝一心盼着发生变化，所以，要是还和平常一样，生活岂不是太无聊啦？

于是，爱丽丝把整块蛋糕全都吃了。

2. 泪水池

"越来越奇怪了！"

爱丽丝喊了起来。（因为太吃惊，她连话都说不利索了。）

"我现在变成了世界上最大的放大镜里的人了！再见啦，我的脚！（爱丽丝低下头，想看看自己的双脚，但是他们已经远得几乎看不见了。）唉！我可怜的脚，以后谁来给你们穿袜子和鞋啊？我们相隔太远，我根本没有办法照顾你们。你们一定要好好照顾自己啊。我也仍然会对你们好的。"

爱丽丝想："否则的话，它们以后会不听我的话，不愿意走路的！好吧，我可以每年圣诞节都送给它们一双新鞋子。"

接着，她就开始思考该如何把鞋子送给她的双脚。"我应该把鞋子寄给它们。这太好玩了，我竟然给自己的脚送礼物！邮寄地址又是多么奇怪啊：

收件人：爱丽丝的右脚

收件人地址：壁炉前的地毯上

寄件人：爱你们的爱丽丝

天哪！我在胡言乱语些什么！"

这时，爱丽丝连头都碰到了天花板。现在她已经变得很高很高，足足有二百七十厘米高。她赶忙抓起桌上的金钥匙，向那扇小门飞奔了过去。

可怜的爱丽丝！她现在只能躺在地板上，用一只眼睛透过门洞去看那个花园了。这下，想要进去是一点希望也没了。她坐在地上哭了起来。

"你知不知道害臊啊。像你这么大（她的确变得够大）的姑娘还好意思哭？快别哭了！"

当爱丽丝停止哭泣的时候，她的眼泪已经形成了一片十二厘米深的水池，足足淹没了一半的走廊。

不久，远处传来了一阵脚步声，爱丽丝擦了擦眼泪，想看看是谁来了。原来是那只白兔回来了，它打扮得漂漂亮亮的，一只手拿着一副白色的羊皮手套，另一只手拿了一把大扇子。这只白兔匆匆忙忙地赶着路，嘴里还不停地说着："哦！公爵夫人！公爵夫人！哦！我让公爵夫人等得太久，她肯定不会放过我的！"

爱丽丝迫切需要有人来帮助她，无论那人是谁。所以当那只白兔一走近，她就小心翼翼地低声请求道：

"请问，能不能请你……"

兔子被吓了一大跳，它把手上的扇子和手套一扔，飞快地跑入黑暗中。

爱丽丝捡起了手套和扇子，由于走廊里很热，所以她一边扇扇子一边说：

"天哪，今天可真是个奇怪的日子啊！昨天一切都还很正常来着！难道是昨天晚上我就已经变样了？让我好好想想，今天早上起床时，我和昨天一样吗？好像有点儿不一样呢。那么，接下来的问题是……我变成谁了？这可真是个大难题啊！"

爱丽丝开始一个一个地回忆自己认识的那些同龄小女孩们，她想弄明白自己是不是变成了她们之中的一个。

"肯定不会是艾达，她的头发又长又卷，我的头发不卷。也不会是梅宝，我什么都懂，而她却什么都不懂！而且她是她，我是我。哎呀，我都快被弄糊涂了！我得确认一下自己是不是还记得以前学过的东西。让我想想：四五一十二，四六一十三，四七……天哪！照这样我是永远也背不到二十了。不过九九乘法表也不那么重要，我还是想想地理知识吧：巴黎的首都是伦敦，罗马的首都是巴黎……不不！全错了！我确定！看来我现在肯定是变成梅宝了。我要试着背诵一下《小鳄鱼》，看看自己究竟变成谁了！"

爱丽丝就像上课时那样，把双手规规矩矩地放在膝盖上，然后开始背诵起来。她的声音沙哑，听上去有些奇怪：

小鳄鱼，小鳄鱼
怎么保养亮尾巴？
它在尼罗河中
洗刷金色的鳞甲！

小鳄鱼，笑哈哈
优雅地伸出爪，
它用亲切的微笑，
把小鱼儿迎进大嘴巴！

"我肯定都背错了。"
可怜的爱丽丝又哭了起来。
"可能我真的变成了梅宝，那我就得住进她家的小破房子里啦，

那里可没有玩具玩儿。啊！我还得花大力气补习功课。不行，我决定了！要是我真变成了梅宝，我就待在这儿不走啦！要是上面的人看到我，让我上去，我得先问清楚我到底是谁，如果他们回答说我还是我，那我就跟他们上去；如果他们说我变成了其他人，那我就一直待在这里，直到我重新变回我自己。可是……"

爱丽丝突然放声大哭。

"我真希望有个人能瞧瞧我！我讨厌一个人待在这里！"

爱丽丝一边说着，一边看了一下自己的手，她惊奇地发现自己正戴着白兔留下的白手套。"这么小的手套，我是怎么戴上的？一定是我又变小了。"这样想着，她立刻站了起来，和桌子比较了一下，发现自己的确变小了，变得只有60厘米高，而且还在继续变小。爱丽丝觉得这可能和她手上的扇子有关，于是她赶忙丢掉扇子，她可不想让自己从这个世界上消失。

"好险呀！"

突如其来的变化让她很害怕，不过幸好她还没有消失。

"这下可以去花园了！"

爱丽丝飞快地向那扇小门跑去。哎呀！小门还是锁着的，钥匙还在桌上放着呢。

"这下更糟了！我变得太小了！这真是糟透了！"

突然，爱丽丝脚下一滑摔倒了，她的下巴随之浸入咸水中。她的第一反应是自己掉到了海里。

"那样我就可以坐火车回去了。"

她自言自语。（爱丽丝只去过一次海边，她在海边看到许多移动式的更衣室，还看到孩子们拿着木棍掘沙子，沙滩后是一排排的旅馆，旅馆的后面就是火车站。爱丽丝以为所有的海边都是那个样子的。）不过她立刻就明白过来，这是她刚才变大时流的眼泪汇成的水池。

"我刚才不该哭那么凶的。"

爱丽丝一边在泪水池里游，一边说。

"这就是对爱哭鬼的惩罚，让她淹死在自己的眼泪里！真是奇怪呀，不过，今天发生的一切都很奇怪。"

这时，从不远处传来什么东西落水的声音，于是她朝着那个方向游了过去。一开始她还以为那是海象或河马呢，后来她想起自己变小了，才明白那不过是一只小老鼠，原来它也不小心滑到泪水池里了。

"要是我跟小老鼠讲话，它能听懂吗？这个地方到处都那么古怪，说不定老鼠也会说话呢。反正试一下也没什么坏处。"

这么想着，爱丽丝开口问小老鼠：

"小老鼠，你知道怎么从这个水池里出去吗？我游泳游得太累啦。噢，小老鼠！"（爱丽丝觉得应该这么跟老鼠讲话，虽然以前她也没跟老鼠说过话，不过她在哥哥的拉丁文语法书里看到过这种说法。）

老鼠用好奇的眼光打量着爱丽丝，好像还眨了眨小眼睛，不过并没有开口说话。

爱丽丝想：

"也许它听不懂英语。难道它是跟随征服者威廉国王❶渡海过来的法国小老鼠吗？（爱丽丝搜寻了脑海中所有的历史知识，还是记不起这是什么年代的事。）"

于是爱丽丝用法语说道：

"猫在哪里？"

这是她法语课本里的第一句话。老鼠一听突然跃出水面，吓得浑身发抖。爱丽丝怕老鼠不高兴，赶忙道歉：

"对不起！我忘了你不喜欢猫。"

老鼠尖着嗓子大叫道：

"我当然不喜欢猫！你要是我，你会喜欢吗？"

"嗯，应该也不会喜欢。"

爱丽丝央求它：

"你别生气啦。不过，我真想让你见见我家的小猫黛娜。它非常

---

❶ 征服者威廉：英国国王，1066~1087 年在位。

可爱，你见了一定会喜欢上它的。"

爱丽丝一边划水，一边自言自语地说：

"黛娜会乖乖地趴在壁炉旁边，呼噜呼噜地舔舔小爪子或洗洗小脸，抱着它又软又舒服。而且，它捉老鼠的本领可高啦……啊，对不起！"

爱丽丝再次向小老鼠道歉。老鼠浑身的毛都竖了起来，看样子是真怒了。

"你要是不想听的话，咱们就不说这个了。"

"谁跟你是'咱们'！"

老鼠嚷道，气得连尾巴尖都直哆嗦。

"说的就好像我愿意跟你谈这个话题似的！我们鼠类世世代代都憎恨猫！它们是一群肮脏、下贱、愚蠢的东西！你再跟我提它们试试！"

"我保证不再提了！"爱丽丝连忙换了个话题，"那你……你喜欢……喜欢狗吗？"

老鼠没理她，她就兴高采烈地说了起来：

"我邻居家有一只漂亮的小狗，真想抱给你看看！它的小眼睛亮晶晶的，棕色的毛又长又卷，别提有多漂亮了！无论你把什么扔出去，它都能捡回来，然后乖乖坐好等你给它吃的。

"它会的太多了，我连一半都数不上来。它的主人是个农夫，他说这条小狗可有用了，值一百英镑呢！而且，它还很会捉老鼠……哎呀！"

爱丽丝再次道歉：

"我又惹你不高兴了！"

老鼠吓得浑身发抖，使出全身力气游远了。

爱丽丝柔声细语地喊住它：

"小老鼠，我亲爱的小伙伴！请回来吧，要是你不爱听，我就再也不提猫呀狗呀的了。"

听到爱丽丝这么说，老鼠又慢慢游了回来。它的面色苍白（爱丽丝猜它可能发烧了），用颤抖的声音说：

"咱们先上岸吧，然后我告诉你我的故事，你就会明白为什么我恨猫和狗了。"

就算它不说，它们也该上岸了，因为在它们聊天期间，又有好多小动物掉进了池子里，有一只鸭子、一只渡渡鸟、一只鹦鹉、一只小秃鹫，此外还有几只长得怪模怪样的小动物。这些动物们在爱丽丝的带领下，一起爬上了岸。

3. 会议式赛跑和长故事

　　动物们爬上了岸，模样非常狼狈：小鸟们的羽毛湿答答地拖到地上，其他小动物们的毛也湿乎乎地黏在身上，滴滴答答地淌着水，让他们非常不舒服。

　　它们首先要解决的问题就是把自己弄干，大伙你一言我一语地出着主意，不一会儿，爱丽丝就觉得和它们像老朋友一样熟了。她甚至和鹦鹉争论了半天，结果鹦鹉不悦地说："我比你年龄大，自然懂的比你多。"爱丽丝可不吃这一套，她想搞清楚鹦鹉究竟几岁，可鹦鹉死活不肯说，只是一遍遍地重复着刚才那句话，他们之间的对话完全进行不下去了。

　　最后，看起来似乎最有权威的老鼠喊道：

　　"全体坐下，听我的！很快你们就能全身干爽了！"

　　大伙立刻围着老鼠坐好。爱丽丝也焦急地看着老鼠，因为衣服再不干的话，自己就要感冒了。

　　"咳咳！"

老鼠清了清嗓子，开始发言：

"都准备好了吗？我来讲一个让你们连眼泪都干掉的故事。安静！'征服者威廉得到了教皇的支持，英国人完全服从于他。那之前，篡位、征伐频繁发生，他们需要一位领袖。莫西亚和卢森比亚的伯爵，埃德温和莫卡……'"

"咳咳！"

这时，鹦鹉瑟瑟发抖地咳嗽了几声。

"有什么要说的吗？"

老鼠眉头一皱，但还是很有礼貌地问道。

"没有没有！"

鹦鹉赶忙回答。

"我以为你有话要说呢！好，我接着往下说。'莫西亚和卢森比亚的埃德温伯爵和莫卡伯爵宣布支持威廉，就连坎特伯雷那位爱国的大主教斯蒂坎德也发现他值得期待……'"

"发现他什么？"

鸭子问道。

"值得期待。"

老鼠回答它。

"我想，你应该知道'什么'是值得期待的吧！"

"当然知道,对于我来说,值得期待的东西就是青蛙或虫子。我想知道,大主教觉得什么值得期待?"

老鼠没有回答鸭子,只顾继续往下说:

"大主教发现和埃德加一起去迎接威廉,并拥戴他登上王位是非常明智的。起初威廉的行为举止还很温和,但他那诺曼人的傲慢……小家伙,你的身体干一点儿了没?"老鼠向爱丽丝发问。

这回爱丽丝答话了。

"还是湿淋淋的,一点儿也没变干。"

渡渡鸟站了起来,认真地说道:

"既然如此,我建议休会,然后提议几项更加有效的解决措施。"

"说明白点!你说的词儿我们有一大半都听不懂,我看你自己也不一定明白吧?"

说完,小鹰们都低下头忍着笑,而几只小鸟则咻咻地笑出声来。

这时,渡渡鸟有些不高兴地说道:

"我想说的是,让身体变干的最好办法就是会议式赛跑了。"

"怎么个跑法?"

爱丽丝问道。其实她也不是很想知道,只是渡渡鸟在这里停了一下,好像很期待有人接话似的,可是谁都不吱声,所以她才开口的。

"解释某件事的最好办法就是做做看。"(可能冬天的时候你会

想试一试，所以让我告诉你渡渡鸟是怎么做的。）

渡渡鸟先画了一个圆圈做跑道。"不够圆也没关系。"它说。然后全体沿着跑道，这儿一个那儿一个地站好，也用不着喊"一、二、三，开始！"，大家想跑就跑，想停就停，所以也不知道比赛什么时候结束。跑了大约半个钟头吧，当渡渡鸟突然宣布比赛结束时，大家浑身都干得差不多了。动物们围着渡渡鸟问："谁赢了？"

渡渡鸟很难回答，它用一个指头扶住额头思考了好半天（在莎士比亚的肖像画上经常能看到这姿势），其他人都不吭声地等着。最后，渡渡鸟终于开口说道：

"所有人都是胜利者，都该得奖。"

"那谁来给我们颁奖？"

"当然是她啦。"

渡渡鸟指着爱丽丝。大家立刻围住爱丽丝，七嘴八舌地嚷道：

"奖品！奖品！"

爱丽丝不知所措，她把手伸到口袋里掏了掏，居然掏出了一袋糖。（幸好泪水没有把它浸透。）爱丽丝把糖挨个儿发给大家，正好一人一块。

"可是她自己也该有奖品呀。"

老鼠指着爱丽丝说。

"那是自然。"

渡渡鸟严肃地回答老鼠,然后它问爱丽丝:

"你口袋里还有什么东西?"

"只有一个顶针了。"爱丽丝可怜巴巴地说。

"给我吧。"

于是,大家又把她团团围住,渡渡鸟一本正经地把顶针颁发给爱丽丝:

"请收下这枚优雅的顶针。"

渡渡鸟说完这简短的颁奖词,大家都鼓起掌来。

爱丽丝觉得这一切好荒唐,可是看到大家认真的样子,她也不能笑。她不知道该说些什么,只好鞠了个躬,郑重其事地接过了顶针。

接下来要解决的,是吃糖的问题。大鸟们抱怨着还没尝出味道糖就化光了;小鸟们却被糖噎住了喉咙,手忙脚乱地让别人帮着拍背。一场骚乱之后,大家终于都把糖吃完了。于是大家又围坐成一圈,请老鼠再给它们讲个故事。

"你答应过我,要给我讲你的事的。"爱丽丝说,"你为什么讨厌……M和G?"

爱丽丝看了看老鼠的脸色,生怕又惹它不高兴,所以只说了猫和狗的拼音首字母。

老鼠扭头看看爱丽丝,叹了口气。

"这故事真是又长,又令人伤心。"

爱丽丝好奇地打量了一眼老鼠的尾巴,问它 ❶:

"你的尾巴的确很长,可为什么说它令人伤心呢?"

当老鼠讲故事的时候,爱丽丝还在琢磨它那条尾巴的事,以至于她听到的故事成了这个样子:

---

❶ 在英文原版里,尾巴的英文为 Tail,故事所用的单词为 Tale,此处爱丽丝借用两个相似的单词,提出疑问。

狂怒的狗，对一只
　　在屋子里碰到的老鼠说：
　"跟我去法庭，
　　　我要控告你。
　　来吧，你抵赖也没用，
　咱们必须去。
　因为今天早上
我闲着没事做。"
　老鼠对狗说：
　　"这算什么审判。
　　　没有陪审团也没法官，
　　　　请不要做徒劳的事。"
　　　狡猾而又
　　　　愤怒的老狗
　　　对它说：
　　　"我就是法官！
　　我就是陪审团！
　控告你的人，
　　是我，
　　　所以
　　　　我判你，
　　死刑！"

"你没用心听!你在想什么?"

老鼠严厉地指责爱丽丝。

爱丽丝恭敬地回答:

"对不起!不过你的尾巴,是打了五个弯吗?"

"没有(I had not)!"

老鼠气得大叫。

"啊?难道是打结(knot)❶了?"

爱丽丝四下张望,担忧地对老鼠说:

"让我帮你解吧!"

"别和我来这套!"

老鼠猛地站起来走远了。

"你的胡言乱语太侮辱人了!"

"我不是故意的,不过你也太容易生气了!"

但老鼠并没听她说什么,只是一个劲儿地哇哇大吼。

"你快回来,把故事讲完吧!"爱丽丝在后面求它,别的动物也齐声说:

"是呀,讲完吧!"

可老鼠不耐烦地摇摇头,走得更快了。

"它就那么走掉了,真遗憾!"

---

❶ 上一句"没有!"的原文是"I had not!","not"与此句中的"结"(knot)发音相同,此处是作者的文字游戏。

等老鼠消失不见了，鹦鹉叹着气抱怨道："他就这么走啦！真可惜。"一旁的螃蟹妈妈也赶紧抓住时机教育自己的女儿："孩子，这回你明白不能动不动就发脾气了吧？"

小螃蟹伶牙俐齿地答道：

"妈，你好烦！"

爱丽丝自言自语地说：

"要是我们家黛娜在这儿就好了，它马上就能把老鼠抓回来。"

鹦鹉听到了，就问爱丽丝：

"冒昧地问一句，黛娜是谁？"

爱丽丝非常乐意聊她的猫，于是她神采飞扬地解释道：

"黛娜是我家的猫。你们想象不到它有多会抓老鼠！它还很会抓小鸟，个头小一点的鸟，黛娜一口就能把它们吞掉！"

动物们顿时一片慌乱，有的鸟儿慌里慌张飞走了，一只老喜鹊一面用翅膀把身体裹住，一面说：

"真该回家啦，晚上的寒气对嗓子不好。"

金丝雀颤抖着招呼孩子们：

"宝贝们，回家吧！该上床睡觉啦！"

动物们一个个以各种各样的借口溜掉了，最后又只剩下爱丽丝一个人。

"早知道就不提黛娜了。"

爱丽丝难过地说：

"这里没有人喜欢黛娜，它明明是世界上最棒的猫咪！亲爱的黛娜，我还能再见到你吗？"

可怜的爱丽丝又哭了起来，她真的很孤独、很伤心。不一会儿，耳边又响起了渐渐走近的脚步声。爱丽丝连忙抬起头，想看看是不是老鼠改变了主意，要回来把它的故事讲完。

4. 兔子派来小比尔

原来是白兔回来了,只见它一脸焦急地四下张望,像是在找什么东西。

"公爵夫人!公爵夫人!啊,我的爪子呀!我的皮毛和胡子呀!她一定会杀了我,就像黄鼠狼一定会吃掉青蛙!那东西到底被我丢在哪儿啦?"

爱丽丝立刻猜到兔子是在找刚才丢下的扇子和白手套,善良的爱丽丝帮忙四下查看,可是怎么也找不到。当爱丽丝在泪水池里游泳的时候,周围的一切都变了。那张玻璃桌,那扇小门,还有长长的走廊,全都消失得无影无踪。

兔子看到了爱丽丝,气冲冲地对她喊道:

"喂!玛丽·安,你在这儿干什么?快回家去把我的手套和扇子拿来!快去!立刻!马上!"

爱丽丝吓了一跳,也来不及跟白兔解释它认错了人,便朝着它指的方向撒腿就跑。

"它把我当成它的侍女❶啦!"

爱丽丝边跑边嘀咕。

"等它发现了我是谁,准会大吃一惊!不过眼下最要紧的还是先给它拿扇子和手套,要是我能够找到的话。"

还在说话的工夫,爱丽丝就看到了一座整洁的小房子,门上挂着一个亮闪闪的铜牌,上面写着"白兔先生"几个字。爱丽丝知道真正的玛丽·安就在里面,要是被她发现,不等自己找到扇子和手套,就会被赶出来。所以爱丽丝门也没敲就进门跑上了二楼。

"真稀奇,我竟然会给兔子跑腿。只怕接下来黛娜也会指使我了!"

爱丽丝开始想象那会是怎样的场面:

"'爱丽丝小姐,快过来,咱们该去散步了。''等一下,我得帮黛娜监视洞里的老鼠,一直到它回来。'……不过,要是黛娜真敢这么指使人,家里人就该把它赶出去啦。"

这时,爱丽丝来到了一个窗前摆着桌子的小房间,桌子上放着一把扇子和几双白色的山羊皮手套(正如爱丽丝希望的那样)。爱丽丝拿起扇子和一双手套,正要离开,她又发现桌子上还有一个小瓶子。这回瓶子上并没有贴"喝我"的标签,但爱丽丝还是打开了瓶盖,将

---

❶ "玛丽·安"在当时是很常见的侍女名字。

瓶口放到嘴边。

"每当我喝下或吃下什么，就准有好玩的事情发生，这次肯定也会如此。这回我想要变大些，我不想再做小人了。"

果然，才刚喝下不久，爱丽丝的身体就发生了变化，而且比她预想得还要快，她才喝了半瓶，头就已经碰到天花板了，爱丽丝赶忙把瓶子放下，免得折断了脖子。

"够了，别再长啦！现在这样子就已经连门都出不去啦！唉，早知道刚才就不喝那么多啦！"

天哪！已经晚了！爱丽丝长啊，长啊，大到站也没法站，就只好跪在地板上，但很快，她连跪的空间都没有了，只能先用一只胳膊肘顶住门，另一只胳膊护住脑袋，然后勉强地躺下来。可是爱丽丝仍然在长，最后她只好把一只胳膊从窗户伸出去，并用一只脚顶住烟囱。

"我已经什么也做不了啦，接下来还会发生什么？"

幸好小瓶里的药发挥完了药效，爱丽丝不再长了，不过她已经变得太大，没办法从屋里出去，只好保持着那个非常不舒服的姿势，这让她无法高兴起来。

"一会儿变大一会儿变小，还被老鼠和兔子使唤来使唤去！我还是待在家里好，当时真不该跳进兔子洞的。不过……这样倒是更有趣。不知道接下来还会发生什么！以前看童话书的时候，还以为这种稀奇

的事绝对不会发生。可我现在就在经历这样的事！我应该把它写成书。必须的！等我长大了，我就写一本——可现在我已经长大了呀。"爱丽丝悲伤地说，"这儿可是没地儿让我再长了。"

爱丽丝又想：

"不过，我的年龄是不是也不会变大了？那样也不错，反正我也不想变成大人。但我是不是还要继续上学？我不想上学！"

她又开始自问自答了：

"爱丽丝，你这个傻瓜！你在这儿还怎么学习？这儿连你都装不下，哪儿还有地方放课本！"

当她自问自答的时候，外面传来了某个声音，爱丽丝马上闭起嘴，仔细听着。

"玛丽·安！玛丽·安！"

是白兔在喊爱丽丝。

"快把我的扇子和手套拿过来！立刻！马上！"

脚步声在门口停下了，爱丽丝明白是白兔回来了。一想到白兔会来找她，爱丽丝便吓得浑身发抖，害得整间屋子都跟着摇晃起来。但她忘了自己已经变得比白兔大了一千倍，根本用不着害怕它。

兔子想要把门推开，可爱丽丝用胳膊肘把门死死顶住了，所以它怎么也推不开。不久，门外又响起了白兔的声音：

"那我就绕到屋后,从窗户爬进去吧。"

"那也不行。"

这样想着的爱丽丝,听到白兔来到窗下的动静,就把手伸到窗外抓了一把。虽然爱丽丝什么也没有抓到,但她很快便听到了尖叫声、东西掉落的声音,还有玻璃摔碎的声音。她推测,应该是白兔摔在瓜棚之类的地方上了。

紧接着传来了白兔恼怒的声音:

"帕特!帕特!你在哪儿?"

爱丽丝听到一个陌生的声音答道:

"我在这儿呢,老爷。我在挖苹果呀。"

"挖什么苹果!快过来帮我一下!"

兔子气呼呼地说。紧接着又是一阵玻璃被打碎的声音。

"帕特,告诉我,窗户里那是什么?"

"那是只手笔,老爷!"(帕特把"手臂"说成了"手笔"。)

"是手臂!蠢货!哪儿有那么大的手臂!它可把整个窗户都堵上啦!"

"您说的是!这是有些奇怪,不过那的确是只胳膊。"

"哼,我不管。你去给我把它移开!"

外面安静了一阵,爱丽丝只能时不时听到一句悄悄话。例如,"是,那好像真的不是个好主意，真的！""照我说的做！"之类的。最后爱丽丝又挥了一下手，想抓住点什么。这回外头响起了两声尖叫，玻璃破碎的声音也更响了。爱丽丝想：

"到底是有多少黄瓜棚啊？它们接下来想干什么？要是它们想把我从窗户里拖出去，那可就太好了。我不想待在这儿了！"

爱丽丝等了好一会儿，但外面一点动静也没有。过了一会儿，外面传来了拉小推车的声音，接着又响起了几个乱哄哄的声音：

"其他梯子呢？""只带来一架梯子，比尔还有一架。""比尔，把你的梯子搬过来！""放这儿！放在这个角上！""不行，得先把它们绑在一起，一架梯子还够不到一半高呢。""行了，绑成这样就行，没必要绑太紧。""过来，比尔，抓住这根绳子。""屋顶能承受得住吗？""小心瓦片！""啊！掉下来了！当心脑袋！"（"哗啦"落地的声音）"谁干的？""好像是比尔。""谁从烟囱里下去？""不！我不行！你去吧！""我也不去！""让比尔去！""听着！比尔！主人命令你从烟囱里下去！"

"哦？这么说比尔要从烟囱下来了？"

爱丽丝想。

"它们怎么什么都让比尔干！我要是比尔才不干呢，这壁炉太窄了，不过还能伸开腿踹一脚。"

爱丽丝把脚尽可能地伸到壁炉的烟囱里,不一会儿,她听到了一个小动物(不知道是什么动物)挠着烟囱壁爬下来的声音。最后,她觉得什么东西在她脚上乱动,她想:"这应该就是比尔了!"然后她立刻飞踹了一脚,看会有什么事发生。

只听外面先是一片乱嚷:

"比尔在那儿!"

然后是白兔大喊的声音:

"你快到篱笆那儿去接住它!"

紧接着又传来了一阵七嘴八舌的声音:

"托住它的头。""喝口白兰地。""别压着它!""好些了吗?""告诉我,究竟发生了什么?"

然后就听到一个虚弱的声音吱吱地说:(爱丽丝想:"应该是比尔。")

"哎。我也不知道怎么回事。不喝了,谢谢。我感觉好多了,但还是有些混乱。只记得有个什么东西,就像从盒子里弹出来的玩具那样,一下子扑向了我。接着我就像火箭一样飞到天上去了。"

"的确是像火箭一样。"其他声音附和道。

"咱们最好烧了这房子。"白兔开口说。

爱丽丝一听忙扯着嗓门大叫起来:

"你敢这么做,我就让黛娜来咬你!"

外面立刻变得死一般地寂静。爱丽丝想:

"也不知道接下来它们想干什么。要是它们聪明,就应该把屋顶掀掉。"

没过多久,外面又闹哄哄的了。只听兔子说道:

"拉一车过来。"

"拉什么东西啊?"

这样想着的爱丽丝很好奇,不过很快她就知道了答案,因为小石子像雨点般哗啦啦地从窗户打了进来,还有几颗打到了她脸上。

"得让它们住手。"

爱丽丝这样想着,然后大喊一声:

"你们最好住手!"

外面立刻恢复了宁静。

爱丽丝忽然惊讶地发现,落在地板上的小石头全都变成了小蛋糕。她的脑海里闪过一个想法:

"只要吃了这个,我的身体肯定会发生变化吧!既然我已经变得不能再大了,那么吃了这个我应该会变小。"

吃下了一块小蛋糕,爱丽丝的身体立马开始变小,最后终于小到可以走出那道门了。

爱丽丝刚跑出房门,就看到屋外聚集着许多小动物:两只豚鼠扶着小蜥蜴比尔,在喂它喝什么东西。一看到爱丽丝,这些动物就一窝蜂地围了过来。她急忙向外跑去,躲进了一片树林里。

爱丽丝一边在树林里走来走去,一边自言自语道:

"首先,我得变回原来的样子。然后,我要找到去那个漂亮花园的路。这是最好的办法。"

听起来这是个又高明又利落的计划,但问题是,她不知道该从哪儿入手。正当她在树林里焦虑地四下张望时,从她的头上传来了一声刺耳的叫声,爱丽丝连忙抬起头。

原来是一只看起来凶恶的小狗正在瞪着大眼睛盯着她,还伸出了一只前爪,想要碰碰她。

"可怜的小家伙。"

爱丽丝哄着小狗,想吹口哨逗它。突然她冒出一个可怕的念头:要是那只狗正饿着肚子,就算自己再怎么吹口哨逗它,它还不是要把自己吃掉嘛!

但爱丽丝并没有多想,她捡起一根小树枝,朝狗伸过去逗它。那只狗立刻高兴地叫着跳了起来,然后就朝树枝扑了过来。她怕自己被狗撞倒,便赶忙躲到了一棵高大的野蓟后面,只把树枝伸出来。爱丽丝刚要从另一侧探出头,它就紧跟着扑了过来,结果由于冲得太猛,不仅没抓到树枝,还翻了个跟头。爱丽丝觉得这简直就像是跟一匹拉车的马在玩游戏,而为了防止被它踩到脚底下,还得时不时地躲到野蓟后面。小狗终于累得吐着舌头坐在地上,大眼睛也半闭上了。

爱丽丝抓住这个时机飞快地逃走了。她不停地奔跑,直到累得喘不过气。尽管如此,她还是能听到从远处传来的隐隐约约的狗叫声。

"不过那只狗狗真的很可爱。"

爱丽丝靠在毛茛上休息,还摘了一片叶子当扇子用。

"要是我还是原来的大小,我还可以教它好多本领呢。哎呀!我还得再次变大,我竟然把这事忘了!该怎么办呢?我应该吃点儿或喝点儿什么,但我该吃或喝什么呢?"

这可是个大问题。爱丽丝环顾四周,发现身边只有花花草草,没有什么能吃或能喝的东西。爱丽丝朝旁边的一个大蘑菇走了过去,那蘑菇和她的个头一样高。她围着蘑菇仔仔细细打量了一圈,觉得应该爬上去看看蘑菇顶上有什么。

爱丽丝踮起脚尖,朝蘑菇顶上看,却刚好和一只大毛毛虫看了个对眼。毛毛虫正在蘑菇顶上抽水烟袋呢。它看上去对所有的一切都毫不在意,包括爱丽丝在内。

5. 毛毛虫的忠告

毛毛虫和爱丽丝四目相对，都没吭声。最后毛毛虫拿开水烟袋，懒洋洋地朝爱丽丝开了口：

"你是谁？"

这听上去可不会是个愉快的对话。爱丽丝回答道：

"啊，我也不知道，今天起床的时候我还知道自己是谁，但在那以后，我已经发生好几次变化了。"

"这话是什么意思？"毛毛虫严厉地说道，"给我说清楚点！"

"我说不清楚，您知道，我现在已经不是我自己了。"

"什么乱七八糟的。"

"我恐怕没法说得更明白了。"爱丽丝毕恭毕敬地回答，"我今天已经反复地变大变小了好几次，都被弄糊涂了。"

"不糊涂。"

"哦，那可能是因为你还没有这样的经历，所以才这么说。不过总有一天你会变成茧，然后再变成蝴蝶。到时你就会感到奇怪了吧？"

"不会的。"

"那咱俩可真不一样。对我来说,这种感觉可太奇怪了。"

" 你?"

毛毛虫轻蔑地问道:

"你是谁?"

对话又被带回了原点。毛毛虫这种简短又没好气的话让爱丽丝有些恼火,不过她还是站直身子严肃地问道:

"你应该先告诉我你是谁。"

"为什么?"

毛毛虫反问道。这又是个难题,爱丽丝想不出该怎么回答,又觉得毛毛虫看上去很不客气,便转身往回走。

"回来!我有要紧话跟你说!"

这倒是句像样的话,于是爱丽丝转了回来。

"你消消气。"

毛毛虫说。

"你要说的就是这个?"

爱丽丝尽量和气地问它。

"不是。"

毛毛虫回答。

爱丽丝心想，反正也没什么要紧事，不如等等看毛毛虫能说出什么有用的话。可接下来的几分钟里，毛毛虫只是一个劲儿地抽着水烟袋。最后，它终于把烟袋拿开，伸开了手臂。

"这么说，你是觉得自己变了？"

"是的。我不记得自己以前的事了，而且身体老是变来变去，连十分钟都保持不了。"

"你都不记得什么了？"

"我想背一遍《小蜜蜂》，可是全背错了。"

爱丽丝可怜巴巴地答道。

"嗯，那你就背一遍《威廉神父，您老啦》。"

爱丽丝抱起双臂，开始背起来：

年轻人对神父说：
"威廉神父，您老啦！
头发已经白花花，
可您还总是头朝下。
这把年纪，没事吧？"

威廉神父回答他：

"我像你那么年轻时,
也担心会伤到脑子。
可是我已经没有脑子,
所以倒立也没关系。"

年轻人对神父说:
"我说过了,您老啦!
变成了一个胖老头,
可还能从门口前空翻进屋,
您有什么秘诀吗?"

智慧的威廉神父,
晃了晃白头发回答他:
"我像你这么年轻时,
就保持着四肢的柔软。
我涂的是一先令一盒的乳膏,
你要不要来两盒试一试?"
年轻人对神父说:
"神父,神父,您老啦!

牙口应该也不行啦,
只能咬得动板油吧。

可您却能吃一只烧鹅,
甚至连骨头也不剩下。
您是怎么做到的?"

神父再次回答他:
"我像你这么年轻时,
每次和老婆吵架,
都去法庭上打官司,
下巴肌肉也练得结实,
就这样练习了一辈子。"

年轻人对神父说:
"神父您年纪一大把,
可眼神还是那么好。
甚至能把鳗鱼横在鼻尖上,
保持平衡掉不下。

为什么您的技术那么好？"

"我已经回答了三个问题，这样已经足够了。"

威廉神父回答道：

"别再废话连篇，

难道我要一整天听你胡言乱语？

走吧，不然我就把你踢下楼去！"

"背得不对。"毛毛虫说。

"好像是不全对，有几个词也背错了。"爱丽丝小心翼翼地回答它。

"从头到尾都不对。"毛毛虫打断了她的话，两个人又都不吭声了。

过了几分钟，毛毛虫先开了口：

"你想变多大？"

"噢，多大都行，只要不再变来变去我就心满意足了，你懂的。"

"我哪儿懂啊。"毛毛虫说。

爱丽丝没有说话，她还是第一次碰到每句话都被反驳的情况，她有些不大高兴了。

毛毛虫又问她：

"像现在这么大行吗？"

"要是比现在再大一点就更好了，我现在只有九厘米高，看上去也太可怜了。"

"这么高正好！"

毛毛虫恼火地直起了身子。（毛毛虫的身高刚好是九厘米。）

"可我不习惯现在这个身高！"

爱丽丝可怜兮兮地说道，心里想："真是的，它要是不这么爱发火就好了。"

"到时候会习惯的。"

毛毛虫说着又抽起了水烟袋，开始吞云吐雾。

爱丽丝耐心地等着它再开口说话。过了一两分钟，毛毛虫取下水烟袋，干咳了几声，然后摇摇晃晃地从蘑菇上爬了下来。它一边往草丛里爬，一边说：

"一边能使你变高，另一边能使你变矮。"

"什么的一边，又是什么的另一边？"爱丽丝纳闷地问。

"蘑菇。"

毛毛虫像是听到了爱丽丝的疑惑，补充了一句，接着就无影无踪了。

爱丽丝仔仔细细地瞧着蘑菇，想搞清楚哪边是毛毛虫说的"一边"，哪边又是"另一边"。可蘑菇是圆的，根本没法分辨。最后，她只好伸开两只胳膊抱住蘑菇，用两只手各掰下了一小块。

"吃哪块变大，吃哪块变小啊？"

爱丽丝咬了一口右手里的蘑菇，刚吃下去就感到下巴被重重打了一下，原来她的下巴撞到了脚面！爱丽丝吓了一大跳，但她没有时间犹豫，赶紧咬了一口左手里的蘑菇。这时爱丽丝已经小到连下巴都紧贴着脚背，连嘴巴都快张不开了，不过她还是艰难地把蘑菇咽了下去。

"太好了，我又能抬起头来了！"

爱丽丝高兴地叫道，不过她的欣喜很快变成了惊恐，因为她一低头，竟发现自己的肩膀已经大得看不到边了，只剩下长长的脖子高高地耸立在像绿色海洋一般的绿叶中。

"底下那片绿色的东西是什么？我的肩膀去哪儿了？还有我的手！它们都去哪儿了？怎么看不到？"

爱丽丝试着活动了一下手臂，只听到树叶沙沙的响声从下面传来。

看样子没办法举起手来摸头了，于是爱丽丝只好低下头去找手。她优雅地把扭来扭去的脖子弯成"之"字形，想要透过树木的缝隙往下瞧瞧，却只能看到自己刚才待过的树林顶端。忽然，爱丽丝听到了一阵尖厉的声音，原来是一只大鸽子扑了过来，还用翅膀使劲儿拍打她的脸。

"蛇！"鸽子尖叫着。

"我才不是蛇！走开！"爱丽丝很气愤。

"你就是蛇！"鸽子的声音小了些，它呜咽一声又说，"什么法子都试过了，可都不行！"

"我听不懂你在说什么。"爱丽丝说。

鸽子不理爱丽丝,只顾自己往下说:

"树根下试过了,河岸上试过了,篱笆中试过了!可那些残忍的蛇坏蛋!它们还是不肯放过我!"

爱丽丝更糊涂了,不过看样子不等鸽子把话说完,自己是插不上话的。

"光是孵蛋就够让我操心了,还得时刻提防这些蛇!过去的三个星期里,连睡觉时我都得睁着一只眼!"

"我很抱歉惹你不高兴了。"爱丽丝有些明白鸽子为什么会这样了。鸽子愤怒地往下说道:

"所以我把家搬到了这里最高的一棵树上。本以为终于摆脱了那些蛇!可是它们竟然扭来扭去地从天而降!啊!可恨的蛇!"

"可我不是蛇,跟你说过了!我是,我是……"

"那你说你是什么?我看你分明是想狡辩!"

"我……我是个小姑娘。"爱丽丝犹犹豫豫地说。因为这一天之中已变化了太多次,所以连她自己都不太确定了。

"胡说!我见过的小姑娘多了,哪个小姑娘有你这么长的脖子!你不是小姑娘!你就是条蛇!别想否认!接下来你还想说你从没吃过蛋吧!"

"我当然吃过蛋。"

诚实的爱丽丝实话实说。

"要知道，小姑娘和蛇一样，都经常会吃蛋呀。"

"我才不信。不过要真像你说的那样，那在我看来小姑娘也都是蛇。"

这种想法完全出乎爱丽丝的预料，她愣在那里没话说了。趁她沉默的时候，鸽子继续说道：

"你是蛇还是小女孩，又有什么关系？还不都是想抢我的蛋！"

"可这跟我不相干呀。"

爱丽丝连忙辩解道：

"我不会抢你的蛋。就算我吃蛋，也不会吃你的蛋。我可不吃没煮熟的蛋。"

"是吗，那你就快走开！"

鸽子气冲冲地吼完，又在巢里安坐下来。爱丽丝尽量地弯下脖子，想把头低下来。可由于脖子总缠在树枝上，她只得不停地把它解开。过了一会儿，她才想起手里还有蘑菇。爱丽丝小心翼翼地轮番啃着两手的蘑菇，来调整自己的大小，最后总算是恢复了原来的身高。

终于变回了原来的样子，刚开始爱丽丝还觉得有点别扭呢。不过她很快就习惯了。现在，她又开始自言自语：

"现在计划完成一半了。一直变来变去的,简直太混乱了。我都不知道下一分钟自己会变成什么样儿!好在我已经变回从前的我了。接下来该去那个漂亮的花园啦。可是该往哪儿走呢?"

说话的工夫,爱丽丝来到了一片开阔地,那里有一座大约二十多厘米高的小房子。

"甭管谁住在这儿,只要我以现在的样子进去,都一定会把人家吓得四脚朝天!"

于是爱丽丝拿起右手的蘑菇,咬了一小口,等自己缩小到二十厘米时,她才安心地向屋子走去。

6. 小猪和胡椒

爱丽丝打量了小房子半天,琢磨着接下来该怎么做。这时,一个穿制服的仆人从林子里跑了过来(他穿着仆人的制服,所以爱丽丝判断他是个仆人,但如果只看脸,他毫无疑问是一条鱼),使劲地用拳头砸着门,接着,一个圆脸大眼、长得像青蛙一样的仆人开了门。两人都戴着擦了粉的卷卷的假发。爱丽丝很想知道是怎么回事,就轻了轻脚地溜出了林子,靠近他们,想仔细听他们的谈话。

鱼脸仆人从腰下拿出一封同它个头一样大的信,把信交给了蛙脸仆人,并郑重地说:

"致公爵夫人:王后邀请她去参加槌球比赛。"

蛙脸仆人用同样郑重的语气回答,但只是把语序换了一下:

"王后的邀请,请公爵夫人参加槌球比赛。"

两个人礼貌地互相鞠躬行礼,结果头上的假发缠到了一块儿。

为了不让它们发现自己,爱丽丝跑回了树林里,然后大笑起来。等她再次返回的时候,鱼脸仆人已经离开了,只剩蛙脸仆人独自坐在

门边地上,傻乎乎地望着天空。

爱丽丝怯生生地走到门口,敲了敲门。这时,蛙脸仆人开口了:

"敲门没用。原因有两个:一、我跟你都在门外;二、里头闹极了,敲也听不见。"

里头的确闹哄哄的——有嚎叫声、打喷嚏声,还夹杂着盘子被摔碎的声响。

"那怎么才能进去?"

"敲门也可能有点用处。"

仆人像是没听到爱丽丝的疑问,自顾自说道:

"要是咱们站在门两侧的话。比方说,你在里头的话,敲一敲门,我就能放你出来。"

蛙脸仆人说话的时候,依旧两眼望着天空。爱丽丝觉得仆人很不礼貌,心想:

"可能它也是没办法,因为它的眼睛长到头顶上了。不过它总该回答我的问题吧。"

这一次她大声问道：

"我到底要怎样才能进去？"

"我得坐在这儿，直到明天……"

这时，门猛地开了，一只大盘子从里面飞了出来，擦着蛙脸仆人的鼻尖飞了出去，咔嚓一声撞在树上，碎了。

但它好像什么事都没发生一样，依旧在那儿说道：

"……也可能是后天。"

"我到底要怎样才能进去？"

爱丽丝再一次大声问道。

"你确定你敢进去？这才是第一个问题。"

蛙脸仆人说的也有道理。但爱丽丝被它问得很不高兴，心想：

"烦死了，为什么我遇到的动物都这么爱计较？快把我气死啦！"

蛙脸仆人似乎觉得这是重复自己的话的好机会：

"我会每天坐在这里，无论发生什么。"

"可是，我该怎么做呢？"

爱丽丝问它。

"随你的便。"

说完，蛙脸仆人吹起口哨来。

"唉，跟这号人说也没用，它就像个傻瓜！"

爱丽丝直接推开门走了进去。

一打开门,就看到了一个满是烟雾的大厨房。公爵夫人正坐在一只三脚凳上,照看着一个小婴儿,还有个厨师正在火炉旁俯身搅拌着一锅汤。

"一定是汤里放了太多的胡椒。"

爱丽丝边打喷嚏边嘟囔道。

空气里都是胡椒的气味,公爵夫人也被呛得直打喷嚏。她照看的那个婴儿,更是又打喷嚏又哭闹,一刻也不安宁。整个屋里不打喷嚏的,只有厨师以及一只蹲在灶台上咧着嘴笑的大猫。

爱丽丝很有礼貌地小心问道:

"您能不能告诉我,那只猫为什么笑成那样?"

公爵夫人回答:

"因为那是一只柴郡猫❶。你这只猪!"

公爵夫人的最后一个字说得那么响,把爱丽丝吓了一大跳,不过她马上就发现这是对那个婴儿说的。于是她再次鼓起勇气说道:

"我不知道柴郡猫老是笑,说实话,我都不知道猫还会笑。"

"所有的猫都会笑,而且大部分猫总是笑着的。"

---

❶ 英国有句俗语叫"笑得像只柴郡猫"。因此,柴郡猫常指爱咧嘴傻笑的人。

"那样的猫，我一只都没见过。"

爱丽丝很高兴对话能继续下去，她恭恭敬敬地说道。

"那是因为你不知道的事情太多了，准是这样。"

公爵夫人的话毫不客气，爱丽丝可不爱听，就想换个别的话题。这时厨师把汤锅从火炉上端了下来，并抓起手边能够着的东西——烧火棍、平底锅、托盘、碟子……一股脑地朝公爵夫人扔了过去。就算被打中了，公爵夫人也毫不在意，而那个婴儿一直都在哭，所以不确定它有没有被砸到。

爱丽丝吓得跳来跳去，她大喊道：

"我的天哪！你在干吗？可爱宝宝的鼻子快被你砸碎了！"

可不，一只特别大的平底锅贴着婴儿的鼻子飞了过去，险些把他的鼻子砸碎。

"要是人人都能打起精神，做好自己的事，地球就会转得快一点！"

公爵夫人用沙哑的声音生气地喊道。

"那可不是什么好事。"

爱丽丝很高兴，因为可以趁机好好地炫耀一下自己的知识。她接着往下说：

"想想看，那样的话白天黑夜不就乱套了！要知道，地球绕地轴旋转一圈要二十四小时呢，这是谁都不能改变的……"

"斧头❶？给我把她的头砍了！"

公爵夫人叫道。爱丽丝害怕了。她慌张地看了一眼厨师，可厨师只顾搅汤，就像没听见。于是她接着大声说：

"是二十四小时，还是二十个小时来着？或者……"

"够了，不要再烦我了，我一听见数字就头疼！"

公爵夫人接着哄那个婴儿。她唱起了像是摇篮曲的怪异的歌谣，每唱完一小段，就狠命地摇晃婴儿。

对小孩说话要严厉，

揍他，要是他打喷嚏。

他这么做就为气气你，

他这么做就为气气你。

（合唱，厨师和小宝宝都加入进来）

喔！喔！喔！

公爵夫人唱到第二段时，开始粗暴地把孩子抛上抛下，孩子没命地哭，爱丽丝几乎听不清歌词了：

---

❶ 英文 axis（轴心）与 axes（斧头）发音相同。

我对小孩说话很严厉,
我会揍他,要是他打喷嚏。
这样当他欢喜时,
就会爱上胡椒味。
(合唱)
喔!喔!喔!

"过来!你愿意的话,就帮我带带孩子。我要去参加王后的槌球比赛了。"

公爵夫人把婴儿丢给爱丽丝之后,就急匆匆地走了出去。厨师朝公爵夫人扔了一个平底锅,但是没有砸到她。

那个婴儿长得怪模怪样,手脚往四下里伸开,活像一只海星。可怜的小家伙喘起气比蒸汽火车还响,而且他一会儿蜷缩着身子,一会儿又伸胳膊蹬腿,一点也不老实,光是抱住他就费了爱丽丝好大的力气。

"他长得可真像只海星呀!"

等摸清抱这孩子的正确方法(就是抓紧他的右耳,握住他的左脚,然后把他扭成一团,免得他乱动一气)后,爱丽丝就抱着婴儿走出了房子。

"我没法带走这个小孩,但要是把他留在这儿,过不了两天就会被那些人折磨死的。这不等于杀了他吗?"

爱丽丝想着,不由自主地把最后那句话大声说了出来。她刚一说完,怀里的小孩子就咕哝起来。(这时他已经停止了打喷嚏。)

"别哼哼唧唧的!这可不是表达的好方式。"

婴儿又咕哝了一声,爱丽丝担心地看着他的脸。说他是个婴儿吧,可他的鼻子就像猪鼻子一样朝上噘着,眼睛也长得非常小。

"也许他是在哭。"

爱丽丝看看婴儿的眼睛,但是没看到一滴眼泪。

"你要是变成了一只猪,我可就不管你啦!"

可怜的婴儿又呜咽了一声。(或者说咕哝了一声,这实在难以分清。)爱丽丝抱着他默默地往前走。

"我要是把一只猪抱回家,之后我该怎么办呢?"

爱丽丝正陷入沉思,小东西又发出了难听的哼声。这回爱丽丝仔仔细细地打量了他的脸,发现它的的确确是一头小猪。想到自己竟然抱着一只小猪照料了半天,爱丽丝觉得这太荒唐了。

于是她把小猪放下来,看着它颠颠地跑进了树林,这才松了口气。

"如果它是个小孩,长大了肯定丑得吓人。不过它在猪里面倒还是很漂亮的。"

爱丽丝一边自顾自地说着,一边开始回忆在自己认识的孩子中,有没有长得像猪的。

"要是能把他们变成猪的话……"

爱丽丝正自言自语时,突然发现之前那只柴郡猫就蹲在不远处的树上,这让她吓了一大跳。

那只猫一看到爱丽丝,就咧开嘴笑了起来。爱丽丝想,这只猫爪子又尖,牙齿又密,跟它说话可要客气点,不过她又觉得它看上去很善良。

"柴郡猫,你好。"

爱丽丝犹犹豫豫地打了个招呼。她不知道那只猫对这个称呼满不满意。此时,柴郡猫的嘴巴咧得更大了。

"看得出来,到目前为止,它心情还不错。"

爱丽丝走近它,继续说道:

"请告诉我该怎么走好吗?"

"那得看你想去哪儿了。"

"我去哪儿都行……"

"那么,你往哪儿走都行。"

"可是我总得到一个地方才行啊!"

爱丽丝补充道。

"噢,那好办,只要你走得够远就成。"

柴郡猫回答她。爱丽丝觉得这话没法反驳,就提出了另一个问题:

"这附近住的都是什么人?"

"这边……"猫抬起右爪指了指,"住着制作帽子的工匠。"

"那边……"它又抬起左爪指了指,"住着三月兔。但你去哪边都一样,因为它俩都是疯子。"

"可是我不想去有疯子的地方。"

"那可没办法,这儿的人全是疯子。我是,你也是!"

"你怎么知道我是疯子?"

"你肯定是,否则就不会到这儿来。"

爱丽丝觉得它在胡说八道,但她还是接着问道:

"那你是怎么知道自己也疯了的?"

"首先,狗不是疯子,你承认吧?"

"大概是吧。"

"对吧。你想,狗生气了就狂叫,高兴了就摇尾巴。可我却是高兴时狂叫,生气时摇尾巴。这就说明我疯了。"

"我觉得猫是喵喵叫,不算狂叫。"

"随你怎么说好了。对了,你今天要和王后打槌球吗?"

"我倒是想,可王后并没有邀请我。"

"你会在那儿碰到我!"

说完柴郡猫就消失不见了。

爱丽丝倒并不吃惊，因为今天遇到的怪事太多，她已经习惯了。她止盯着柴郡猫待过的地方出神，这时柴郡猫又再次出现了。

"对了，刚才忘了问你，那小宝宝怎么样了？"

"他变成了猪。"

爱丽丝很平静地回答它，仿佛柴郡猫的再次出现是天经地义的。

"我就知道他会变成猪。"

柴郡猫说完就又不见了。爱丽丝不知道它会不会再次出现，便又等了一会儿，可它并没有回来。于是她只好朝着三月兔住的地方走去。

"我见过制帽匠，也许还是三月兔更有趣。而且现在已经是五月份，它应该比三月份时斯文多啦。❶"

这时，柴郡猫又出现了，它问爱丽丝：

"你刚才说的是猪还是无花果来着？"

"我都说啦，是猪。还有，请别这样一会儿消失，一会儿又出现的，弄得我头都晕了！"

"知道了。"

这回它让身体慢慢地消失：从尾巴开始，直到只剩下一张咧着笑

---

❶ 二月至四月为兔子的发情期，故而表现疯癫。

的嘴,那个笑脸直到身体消失后很久才逐渐消失。

"哇哦!不笑的猫我见的多了,世上竟然还有会笑的猫!我还是头一次碰到这么神奇的事!"

没走多久,爱丽丝就到了三月兔的家。那房子的两根烟囱就像兔耳朵,屋顶还铺着兔毛,一看就知道是兔子的家。不过,这房子看上去太大了,让人不敢进去。爱丽丝吃了一口左手拿的蘑菇,让自己长到了六十厘米高,才敢往前走。不过她还是担心地自言自语着:

"要是兔子真发起疯来可怎么办?我真该先去制帽匠家瞧瞧的!"

7. 疯狂的茶会

在房前的大树下，摆着一张桌子，三月兔和制帽匠正坐在那儿喝茶。在它们中间坐着只睡鼠，呼呼地睡得正香。两人把睡鼠当成了靠枕，将手肘撑在它身上，正越过它的头顶聊天呢。

"睡鼠这样子肯定不舒服。不过它在睡觉，应该感觉不到。"爱丽丝心想。

那张桌子挺大，可它们三个却挤在一个角上坐着。

"没地方坐了！没有地方啦！"

看见爱丽丝走过来，三月兔和制帽匠就喊了起来。

"地方还多着呢！"

爱丽丝愤愤不平地说，然后走到桌子一头，坐到了一把大扶手椅上。

"来点儿葡萄酒吧。"

三月兔劝她。爱丽丝打量了一下，发现桌上只有茶，就说：

"没看到酒啊！"

"嗯，没酒。"三月兔说。

"没酒你还让我喝？你这样也太没礼貌了。"

"没请你你就坐下来，你这样更没礼貌！"

"我不知道这张桌子是你的，而且桌子这么大，我还以为是供很多人坐的，至少不是三个。"

制帽匠从刚才就一直好奇地打量着爱丽丝，到现在才开口说话：

"你该剪剪头发了。"

爱丽丝不客气地回答他：

"对别人指手画脚是不对的，看来你得注意一下了。这是很不礼貌的行为。"

制帽匠一听就瞪大了眼睛，可从他嘴里说出来的，却是完全不相关的内容：

"知道乌鸦为什么像书桌吗？"

"哇，它们好像在玩猜谜，肯定很有意思！"

爱丽丝这么想着，大声说道：

"我知道！我知道！"

三月兔问她：

"这么说，你认为你已经找到这个问题的答案了？"

爱丽丝回答它：

"那当然了。"

三月兔接着说：

"那么，你必须按你想的说。"

爱丽丝赶忙回答：

"我会的。至少……至少我说的和我心里想的是一样的，是一回事。"

"根本不是一回事！"制帽匠开口了，"照你这么说，'凡是我吃的东西我都能看见'和'凡是我看见的东西我都能吃'也是一回事喽？"

三月兔插嘴说道：

"那么，'凡是我得到的东西我都喜欢'就等于'凡是我喜欢的东西都是我的'啦！"

睡鼠也像说梦话似的插了一句：

"照这种说法，'我睡觉的时候都在喘气'和'我喘气的时候都在睡觉'也是一回事。"

"对你来说的确是一回事。"

制帽匠对睡鼠说。谈话到这里忽然中断，所有人都安静了下来。爱丽丝也趁机认真思考起乌鸦和书桌的问题来，但还是完全摸不着头脑。

最后是制帽匠打破了沉默，他问爱丽丝：

"今天几号了？"

制帽匠边说话，边从口袋里掏出了一块怀表，不安地看了一眼表上的时间，又不停地摇晃，然后放在耳朵旁听了听。

"四号。"

"差了两天！"制帽匠叹了口气，接着转过脸，气呼呼地责备三月兔，"我早跟你说过，不能给表上黄油的！"

三月兔垂头丧气地回答：

"那可是最上等的黄油。"

"是，但一些面包屑肯定也掉进去了。"制帽匠嘟囔着，"你不该用面包刀抹黄油的。"

三月兔拿过怀表，忧郁地看了看，又把它放到茶怀里泡了一会儿，然后再拎出来看看。它像是说不出别的话，于是又重复了一遍刚才说的那句话：

"那可是最上等的黄油。"

爱丽丝的视线越过三月兔的肩膀，好奇地望着那只表。

"多有趣的表啊！"爱丽丝大叫道，"上面有几月几号，却没有几点钟！"

"那有什么用吗？"制帽匠嘀咕着，"你的表能告诉你今天是哪一年吗？"

"不能。"爱丽丝马上回答，"不过很久年份才会变一下啊。"

制帽匠顶了她一句：

"这就是我的表为什么不报时间。"

爱丽丝瞪大了眼睛，半天说不出话来。她听清楚了制帽匠的话，可一点儿也不明白他的意思。爱丽丝客客气气地问道：

"你的话我不太明白。"

"睡鼠又睡了。"

制帽匠说着，往睡鼠的鼻子上倒了一点滚烫的茶水。

睡鼠不耐烦地摇了摇头，眼睛都懒得睁就开了口：

"就是，就是。我也正想这么说呢。"

制帽匠看着爱丽丝，开口问她：

"那个谜语你猜出来没有？"

"没猜出来，我不猜了，告诉我谜底是什么。"

"我也不知道！"制帽匠答道。

"我也不知道！"三月兔也附和道。

爱丽丝轻轻地叹了口气，开口说：

"我觉得你们应该学会珍惜时间。猜一个没有答案的谜语，简直就是浪费时间。"

"要是你像我一样了解时间，"制帽匠说，"你就知道不能说'浪费'它了，你得叫他'哥们儿'。"

爱丽丝疑惑地说：

"我听不懂你在说什么。"

"你当然不懂！你肯定没和时间聊过天吧？"

爱丽丝小心翼翼地回答道：

"没有。不过我在音乐课上学过打拍子。❶"

"啊！原来如此！"制帽匠说道，"它可不喜欢被人家打。我跟你说，你要是跟时间处好了，它就会让你在表上随心所欲。比如，早上九点钟，刚刚开始上课，你只要悄悄跟它说一声，它就会飞快地转到下午一点半，午饭时间到啦！"

（"但愿如此。"三月兔小声地说。）

"那敢情好，不过那时候我应该还不饿。"

"刚开始可能会这样。"制帽匠说，"不过你可以让时间一直停留在一点半不动。"

"你能做到吗？"爱丽丝问他。

制帽匠难过地摇了摇头：

"我做不到！因为去年三月我和时间狠狠吵了一架，在它变疯之前（制帽匠用茶匙指指三月兔）。当时，红心王后举办了一场隆重的

---

❶ 英语 beat time（打拍子）中的"time"既有"时间"的意思，又有"节拍"的意思。

音乐会，而我得在音乐会上演唱：

一闪一闪小蝙蝠，
让我找找你在哪！

"你听过这首歌吧？"
"我好像听过跟这差不多的歌。"爱丽丝说。
"后面是这么唱的。"
制帽匠接着唱道：

你在世界上面飞，
就像茶盘在飞行。
一闪一闪……

这时，睡鼠在半睡半醒之中，也摇晃着身体跟着唱了起来：
"一闪，一闪，一闪，一闪……"
它不停地唱，直到被掐了一把才闭上了嘴。
制帽匠继续往下说：
"等我好不容易把第一段唱完，王后就大喊：'他在浪费时间，砍掉他的脑袋！'"

爱丽丝不禁惊讶地说道：

"好残暴呀！"

制帽匠沮丧地往下说：

"打那以后，时间就再也不肯听我的话啦，从此就永远是六点钟了。"

爱丽丝这才明白过来：

"就是因为这个原因，你们才摆了这么多茶具吧？"

"没错。"制帽匠一声叹息，"由于永远停在了这个时间，我们都没空洗茶具。"

"所以你们只能围着桌子不停地转了？"爱丽丝问。

"正是如此！"制帽匠说，"习惯就好。"

"可要是又转回了开头的位置，那该怎么办呢？"爱丽丝壮起胆子问。

"还是换个话题吧。"三月兔打着哈欠插了一句，"我都听腻了。我提议，让这位年轻的小姐给我们讲个故事。"

"实在抱歉，我没有什么故事好讲。"

爱丽丝一听有些慌了。

"那就让睡鼠讲！"制帽匠和三月兔一起嚷道，"睡鼠！快醒醒！"

他们同时从两边拧起它来。睡鼠慢慢睁开眼睛，哑着嗓子懒洋洋地说：

"我没睡着，你们讲的每句话我都听见了。"

"讲个故事给我们听！"三月兔对睡鼠说。

"对啊！讲个故事吧！"爱丽丝也央求道。

"快讲！不然还没等你讲完你就又睡着了。"制帽匠也加入进来。

于是睡鼠马上讲起了故事：

"从前，有三个小姐妹，分别叫爱尔茜、莱茜和蒂莉。她们住在一口井里……"

"那她们吃什么？"爱丽丝总是非常关心吃喝的问题。

睡鼠想了一下后回答她：

"她们吃糖浆。"

"光吃糖浆是会生病的。"爱丽丝好心地说。

"没错，所以她们是病了，还病得很严重。"

爱丽丝试着想象那样离奇的生活是怎样的，但这连想都没法想。于是她又问：

"那她们为什么住在井里啊？"

"再多喝点儿茶吧。"三月兔热心地劝爱丽丝。

"我还一点都没喝过呢，所以说'再多喝点'是不对的。"爱丽丝不高兴地说道。

"没喝过的话，就没法说'再少喝点'，所以只能说'再多喝点'了。"制帽匠回答她。

"我又没问你。"

爱丽丝这么一顶嘴，制帽匠得意地问道：

"你瞧，现在是谁不礼貌呀？"

爱丽丝无言以对，就喝了点儿茶，又吃了点儿抹了黄油的面包，然后接着问睡鼠：

"可是，她们为什么要住在井里呀？"

睡鼠又想了想，然后回答她：

"这是一口糖浆井。"

"根本就没有这种东西！"

爱丽丝生气地喊道。制帽匠和三月兔对她发出"嘘、嘘"的声音，让她安静。睡鼠不高兴地说：

"要是你不好好听，那你来讲好啦。"

爱丽丝非常恭敬地说：

"不，请你接着往下讲吧！我再也不打断你了。也许真有那样一口井吧。"

"什么叫'也许'？当然有！"睡鼠气呼呼地冲她喊，不过还是接着往下讲，"于是三姐妹就学着盛——"

"盛什么？"爱丽丝转眼就忘了自己的保证。

"糖浆。"

这回睡鼠回答得很利索。

"我需要一只干净的茶杯。"制帽匠插嘴说道，"咱们都往前挪一个位子吧。"

说完，他就起身挪到了前面的座位上，睡鼠也跟着挪了一个位子，三月兔则坐到了睡鼠原来的位置上，而爱丽丝只好不情不愿地坐在了三月兔刚才坐的地方。这样一来，只有制帽匠得了便宜。而爱丽丝最倒霉，因为三月兔刚把牛奶罐打翻在盘子里了。

爱丽丝可不想再让睡鼠不高兴，就小心翼翼地问道：

"可我还是不明白，她们从哪儿盛糖浆呢？"

"可以从水井里盛水，也就能从糖浆井里盛糖浆呀。真笨！"制帽匠说道。

"可是她们住在井里呀！"

爱丽丝没有理睬制帽匠的最后那句话，又接着对睡鼠说。

"她们当然住在井里了。"睡鼠说，"在最深处。"

听了睡鼠的回答，爱丽丝更迷糊了，只好任由睡鼠接着往下讲。

睡鼠好像困得不得了，眨巴眨巴眼睛，边打哈欠边说：

"她们学着盛东西，盛各种东西——所有以字母 M 开头的东西。"

"为什么是以 M 开头？"

爱丽丝又忍不住问。

"为什么不呢？"

三月兔反问。爱丽丝不吭声了。

睡鼠这时已闭上眼睛打起盹来，在被制帽匠掐了一把后，才立马醒了过来，接着往下讲道：

"她们盛所有以 M 开头的东西，什么捕鼠器啦、月亮啦、记忆啦、'许多'啦❶。你们知道什么叫'许多'吧？但你们盛过它吗？"

"你问我吗？"，爱丽丝满脸困惑，"我怎么知……"

"不知道就别吭声。"

制帽匠教训了她。他这么无礼，爱丽丝再也受不了啦！于是她站起身来走掉了。这时候，睡鼠又睡着了，而其他两人一点都不关心她是走还是留，尽管她离开的时候还回了两次头，希望他们能请自己回去。爱丽丝最后一次回头时，看到三月兔和制帽匠正在想办法把睡鼠塞到茶壶里去。

"我再也不会去那儿了！长这么大就没见过这么疯疯癫癫的茶会！"

---

❶ 英文中的捕鼠器（mousetrap）、月亮（moon）、记忆（memory）、许多（many）都是以 m 开头。

爱丽丝边走边说，突然，她看到了一棵树，树上居然有一扇门。

"真是怪事！不过今天发生的所有事都很奇怪。"

这样想着的爱丽丝，打开门走了进去。

她发现自己再次回到了那个有玻璃桌子的走廊，而且还离玻璃桌子很近。"嗯，这次有戏！"爱丽丝对自己这样说着，然后拿起桌上的金钥匙，打开了那扇通往花园的小门，然后掏出口袋里的蘑菇一点点地吃下去，让自己的个子变为三十厘米高。这回，她终于走过了通道，来到了这个有缤纷鲜花和清凉喷泉的美丽花园。

8. 王后的槌球场

在花园的入口旁，有一棵非常大的玫瑰树，白色的玫瑰花正在枝头绽放，可是有三个花匠正忙着把花涂成红色。爱丽丝觉得很奇怪，想走近些看看，正当她走到他们附近时，就听到其中一个花匠说：

"老五，小心点儿！别把颜料溅我一身！"

"我也不想，可老七老是顶到我的胳膊肘。"

老五闷闷不乐地说完，老七就瞪了他一眼，说：

"行了，老五！别总把责任推给别人！"

"你最好闭嘴！我昨天才听到王后说你该被砍头。"

老五刚说完，最先说话的花匠就问他：

"为什么？"

"不关你的事，老二！"

"你说什么呢，就关老二的事！我偏要告诉他：因为老二把郁金香的根错当成洋葱拿给厨师啦。"

老七把刷子一扔："这太不公平了……"当老七想捡起刷子时，

他看到了爱丽丝，吓了一大跳。这时另两位花匠也看到了爱丽丝，三个人都垂下头行了个礼。

"你们能告诉我为什么要给玫瑰花涂颜色吗？"爱丽丝怯生生地问道。

老五和老七都不吱声，只是看看老二。老二只好小声说：

"哦，小姐，因为这里是红玫瑰园，可是我们错种了一棵白玫瑰。要是被王后发现了，我们全都得掉脑袋。所以，小姐，我们正想法子在她到来之前……"

这时，一直紧张地张望着花园另一侧的老五喊道：

"王后来了！王后来了！"

三名花匠赶忙恭敬地低头趴下，这时一阵杂乱的脚步声传来，爱丽丝好奇地四下张望，想一睹王后的风采。

队伍由十个手拿军棍的士兵打头，他们跟三个花匠一样，都长着长方形的扁平身体，手和脚则长在长方形的四个角上。接着是十名大臣，他们穿着装饰有钻石图案的衣服，和前面的士兵一样，两人一排，整齐地前进。大臣们后面是皇室子女们，总共有十位，他们一对对手拉着手，蹦蹦跳跳地往前走着，每个人都被方块图案装饰着。再后面就是贵宾，他们的身份大都是国王和王后。爱丽丝看到那只白兔也在队伍里，它一脸紧张，满脸堆笑地跟每个人说着话，当它从爱丽丝身

边经过时，完全没有注意到她。再接着走过来的是红心武士，他捧着放着国王王冠的红丝绒垫子。等所有人都入场之后，红心国王和红心王后登场了❶。

爱丽丝不知道自己是不是也该像花匠一样趴在地上，但她并没听说过看巡游时还有这种规矩。爱丽丝心想：

"要是大家都低着头趴在地上，还怎么看巡游呀？那样的话巡游不就没有意义了？"

于是，爱丽丝决定站在原地，等着巡游队伍过来。

当队伍来到爱丽丝身边时，所有人都停下来看着她。王后严厉地问红心武士：

"这是谁？"

可红心武士只是笑了笑，鞠了个躬。

"蠢货！"

王后狠狠地骂了他一句。然后烦躁地摇摇头，转向爱丽丝问道：

"你叫什么名字？"

"我叫爱丽丝，陛下。"

爱丽丝彬彬有礼地回答。不过她心想：

---

❶ 此处的"红心""钻石"为英文中的"Heart""Diamond"，即扑克牌中的"红桃""方片"。

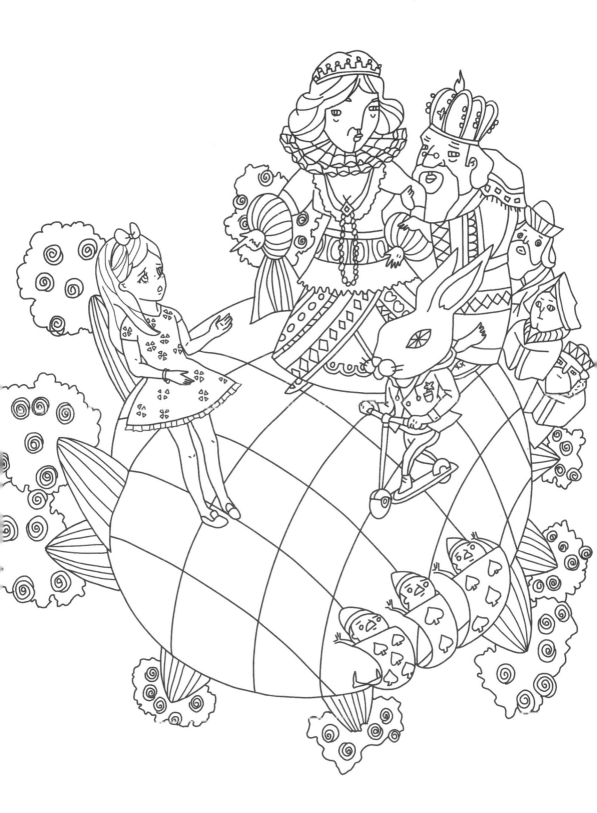

"什么嘛,他们不就是一副扑克牌嘛,没什么好怕的。"

"这些人又是谁?"

王后指着趴在玫瑰树旁的三名花匠问道。因为他们全都低着头趴在地上,背上的图案又跟别人一样,所以王后弄不清他们到底是花匠、兵士、大臣还是她的孩子们了。

"我怎么知道?这又不关我的事!"

爱丽丝暗暗对自己的大胆吃了一惊。

王后气得面红耳赤,她愤怒地吼道:

"给我砍掉她的脑袋!砍掉……"

"太不像话了!"

爱丽丝坚定地大声反驳,把王后气得说不出话来。

国王把手放到王后的胳膊上,小声地劝说道:

"亲爱的,冷静点儿,她还是个小孩子。"

王后气冲冲地甩开他的手,命令红心武士道:

"给我把他们翻过来!"

红心武士小心翼翼地把三个花匠挨个儿翻了个身。接着王后尖着嗓子大声命令他们:

"都给我爬起来!"

花匠们忙跳着起身,给每个人鞠躬行礼。

"够了！你们行礼行的我头都晕了！"

王后喊道，接着她转到玫瑰树跟前，问花匠们：

"你们在这儿搞什么鬼？"

"回陛下，我们刚才……"

老二单膝跪地，畏畏缩缩地回答道。

"我明白了！"女王看了一下玫瑰树，不等他说完就吼道，

"给我砍掉他们的脑袋！"

队伍又继续朝前走，有三个士兵留了下来，准备给花匠们行刑。花匠们怕极了，跑向爱丽丝求救。

"我不会让你们被砍头的！"

爱丽丝说完就把他们藏到了旁边的一个大花盆里。三个士兵转悠了一会儿，找不到人，就悄悄地去追赶前面的队伍了。

"砍掉他们的头了吗？"

王后问他们。

"回陛下，他们已经掉了脑袋。"

士兵回答。

"很好！你会打槌球吗？"

士兵们都不吭声，看着爱丽丝，仿佛这问题就是冲爱丽丝问的。

"会打！"

爱丽丝大声回答。

"那就过来！"

王后命令道。于是爱丽丝也加入了队伍，她非常想知道接下来会发生什么。

"今天……今天天气真好呀！"

白兔走到爱丽丝身边，跟她打了个招呼，并紧张地看着她呢。

"是挺好。你看到公爵夫人了吗？"

"嘘！嘘！"

白兔忙压低声音，边说边担心地四处张望了一下，这才踮起脚尖凑到爱丽丝耳边小声说道：

"她被判死刑啦。"

"为什么？"

"你说什么？'太可惜'？"

"不是，我可没说'可惜'，我是问你为什么。"

爱丽丝说。

"她打了王后一耳光……"

兔子解释道。爱丽丝一听，不由得笑出声来。"喂，小点儿声！"白兔吓得赶紧小声制止她。

"王后会听到的。要是被她听到就……"

这时王后发令了：

"各就各位！"

她的声音就像打雷般那么响，大家赶忙四下里乱跑，就这么相互碰撞着，各自跑向自己的位置。一两分钟后，所有人都站到了各自的位置上，比赛正式开始了。

爱丽丝还从没见过这么古怪的槌球场，地面就像农田一样坑坑洼洼不说，还拿活刺猬当槌球，拿火烈鸟当球杆！那些士兵双手撑地弯下腰，身体拱起的半圆就成了球门。

最难搞定的就是操纵火烈鸟球杆了。爱丽丝好不容易才把它的身体夹在胳膊下，让它的两条长腿垂下来。可是刚准备在它的脖子伸得笔直时用其脑袋击打刺猬，火烈鸟就马上缩起脖子，还摆出一副呆呆的表情看向爱丽丝，逗得爱丽丝忍不住大笑起来。好不容易把火烈鸟的脑袋按下去准备击打刺猬，刺猬却又伸展开身体爬走了。除此之外，好不容易把刺猬球打出去了，可地面坑坑洼洼，刺猬滚不了多远就停下不动，或是滚到别处去了；充当球门的士兵也不老实，总是离开自己的位置跑来跑去。爱丽丝很快就意识到，这种比赛实在太难了。

参赛选手们不等轮到自己就上场击球，还为了争夺刺猬打成一团。王后火冒三丈，赛场上平均每隔一分钟就会响起她的怒吼：

"给我砍掉他的头！""把这个人的脑袋砍掉！"

爱丽丝非常不安,虽然她还没跟王后发生过冲突,不过这种事随时都有可能发生。

"真要起了冲突,我可怎么办呢?这儿的人太喜欢砍头了,能有人活下来简直是个奇迹!"

爱丽丝四下环顾,想找条路好趁人不备时溜走。突然,空中出现了一个奇怪的东西,起初爱丽丝没看出那是什么,过了一会儿她才认出来,那是一张咧开嘴笑的笑脸。

"原来是柴郡猫呀,这下终于找到能说上话的人了。"

等猫嘴完全出现,柴郡猫就开口问道:

"你好吗?"

等到它的眼睛显现了,爱丽丝才朝它点点头。她想:

"现在说了它也听不见,至少得等它露出一只耳朵才行。"

不一会儿,柴郡猫的整个脑袋都出现了,此时爱丽丝才把火烈鸟球杆放到地上,跟柴郡猫谈起了这场比赛。

"每个人都没有公平竞赛精神,他们谁的话都不听,也不遵守规则——不过这儿好像也没有统一的规则,当然就算有,估计也没人遵守。场面完全是一团糟,比赛用的东西都是活的,你不知道有多难用。还有,每当我要把球打进球门时,球门却跑到了场地的另一头!更过分的是,当我要打王后的刺猬球时,那东西却不肯老实待着!它一见我的刺猬球打过来就逃跑了！"

"你喜欢王后吗？"

柴郡猫小声问道。

"一点儿也不！她非常……"

这时，她忽然发现王后就站在她身后听着呢，于是连忙改口说：

"她非常可能获胜，比赛简直没必要打下去了。"

听了爱丽丝的话，王后满意地笑着走开了。

"你在跟谁说话？"

国王走过来问道，并用好奇的目光打量着那个猫头。

"请允许我向您介绍一下，这是一只柴郡猫，它是我的好朋友。"

爱丽丝回答。

"它长得可不怎么讨我喜欢。不过要是它愿意，我允许它亲吻我的手。"

"我才不想亲呢。"

柴郡猫说。

"不得无礼！不准你这么看着我！"

国王边说边躲到了爱丽丝身后。

"我从书上看到过，小猫也有看国王的权力，尽管我不记得是哪本书了。"

"无论如何都得把这家伙除掉！"

国王果断地说，于是他对正朝这边走来的王后叫道：

"亲爱的，帮我把这只猫除掉！"

无论是大事还是小事，王后解决问题的办法只有一种。她连看都不看就吼道：

"砍了它的脑袋！"

"看来我得亲自去叫刽子手。"

国王慌忙走开了。

这时，远处又传来王后的呵斥声，爱丽丝觉得该回去看看比赛进行得怎么样了。还没等轮到她打球，就听见王后又下令处死了三个人。爱丽丝很讨厌这混乱的场面。而且比赛已经一团糟，根本不知道是不是轮到自己了。于是爱丽丝只得先去找自己的刺猬了。

当爱丽丝找到刺猬的时候，它正和另一只刺猬打架呢，爱丽丝心想，这真是趁机打球的好机会，可是她的火烈鸟球杆又跑到了花园的另一头，正吃力地扑腾着翅膀，想要飞上树呢。等她逮到火烈鸟并抱着它回来，两只刺猬早已经打完架，不知去向了。

"无所谓了，反正这边的球门都不见了。"

为了不让火烈鸟再逃跑，爱丽丝把它紧紧夹在腋下，又回去找老朋友说话。

爱丽丝走过去一看，发现这时柴郡猫周围已经围满了人。国王、王后和刽子手正吵成一团，其他人则不安地站在一旁。

爱丽丝刚一露面，三人就拉着她让她评理。可他们总是争先恐后地开口大嚷，结果爱丽丝谁的话都没听清。

刽子手的理由是：要是连身子都没有又该从哪儿砍脑袋？他还从没干过这种事呢，这辈子也不想干。

国王的理由是：只要有头就能砍，你一个刽子手少说废话。

王后的理由是：要是不赶快解决这个问题，她就要把周围所有人的脑袋都砍掉。（正是她最后这句话，让大家非常不安。）

爱丽丝只知道一件事：

"这是公爵夫人家的猫，你们最好先问问她。"

"她在监狱。去把她带来！"

女王一下令，刽子手就飞快地跑去了。

这时，猫头也开始消失，等刽子手把公爵夫人带过来时，猫已经消失得无影无踪了。于是国王和刽子手开始疯狂地四下寻找猫的影子，其他人又继续比赛去了。

9. 素甲鱼的故事

"你不知道见到你我有多高兴,好姐妹!"

公爵夫人亲热地挽起爱丽丝的胳膊,两人一道走着。

公爵夫人变得温和了许多,所以爱丽丝很高兴,心想,上回在厨房她那么凶大概是让胡椒给弄的。

"要是我当上了公爵夫人……"

爱丽丝开始自言自语(不过听她的语气,好像并没有多盼望当公爵夫人。):

"我的厨房里绝对不会有胡椒,就算没有胡椒,也能煮出美味的汤。好像人们吃了胡椒,就容易发火。"

这个新规律的发现让爱丽丝感到很高兴,她继续自言自语:

"人吃多了醋就会变得酸溜溜,喝多了苦菊茶就会变得爱挖苦人。还有……小孩子吃多了糖就会变得更可爱。大人们要是明白这些,就不会不让小孩子吃糖了……"

爱丽丝完全沉浸在想象中,几乎忘记了公爵夫人的存在,公爵夫人突然在她耳边说话时，竟把她吓了一跳。

"亲爱的，你在想别的吧，都忘了说话啦。我现在还没想到这件事的教训，不过等会儿就能想到了。"

"没准儿本来就没有什么教训吧。"

爱丽丝鼓起勇气反驳她。

"啧啧，孩子！只要你愿意去找，所有事情都会有教训的。"

公爵夫人边说边向她靠得更近了。

爱丽丝压根儿不喜欢她这么亲热。因为公爵夫人长得实在太难看了，而且她那尖下巴正好能放在她的肩膀上，硌得她非常不舒服。不过出于礼貌，爱丽丝只好咬牙忍着。

"这会儿比赛打得好些了。"

爱丽丝找了个话题，把谈话继续下去。

"是的。这件事的教训就是……'哦，爱情！爱情是推动世界运转的动力！'"

"可也有人说过：'做好自己的事，世界就会进步'。"

爱丽丝小声反驳道。

"没错，说的是一回事。"

公爵夫人低下头，用尖尖的下巴戳着爱丽丝的肩膀，她继续说道：

"这件事的意义在于：认真思考，才能说得明白。"

"这人怎么事事都要找个教训啊!"

爱丽丝心想。

"你一定很想知道我为什么不搂住你的腰吧?"

顿了一会儿之后,公爵夫人开口说道:

"因为我怕你的火烈鸟脾气不好。要不我试一下?"

"它会弄疼你的。"

爱丽丝担心公爵夫人真的会搂住自己,于是谨慎地回答她。

"你说得很对。火烈鸟和芥末一样,都会弄疼人。我想这件事的教训就是……物以类聚❶。"

"可芥末不是鸟。"爱丽丝指出。

"这倒是,看来你很明白嘛!"

"我认为它是一种矿物质。"

公爵夫人好像做好了打算,无论爱丽丝说什么都会附和她。

"是的,据说这附近就有一座芥末矿山。这个事的教训就是:'我得到的越多,你得到的越少!'"

"啊!我想起来啦!"

爱丽丝喊道,伯爵夫人后面说的话,她压根就没听进去,"芥末

---

❶ 英文原文为"Birds of a feather flock together",意为"物以类聚"。

是一种蔬菜，虽然长得不太像，不过它的确是蔬菜。"

"你说得很对。"

公爵夫人依旧赞同道。

"这事的教训就是'做你想做的人吧'，简单说就是'不要把自己想象成不是你在别人面前表现出的那种人的另外一类人。"

"要是把您说的话写下来，我也许还能理解。可光靠耳朵听，我实在是听不太懂。"

"只要我愿意，说这样的长句子根本不算什么。"

公爵夫人得意地说道。

"别给您自己增加困难了。"

"一点都不困难，我干脆把说的每句话都当礼物送给你好了。"

"这礼物可真便宜！幸亏我过生日的时候没人送我这号东西！"

不过想归想，爱丽丝没敢说出来。

"你又在想什么呀？"

公爵夫人的尖下巴戳得更深了。

"我有权想我自己的事！"

爱丽丝有些烦了，不客气地说道。

"当然了，你有权利这么做。就像猪也有权利飞上天一样。这件事的教训是……"

爱丽丝有些惊讶，因为公爵夫人才讲到她最爱说的"教训"，竟然闭了嘴，挽着她的胳膊也在发抖。她抬头一看，原来王后正双手抱在胸前，站在她们面前，一脸凶巴巴的表情，好像一场暴风雨就要来临。

公爵夫人连忙小声问候她：

"今天天气真不错啊，陛下！"

王后跺着脚大声吼道：

"给你两个选择！要么从我面前消失，要么我让你的脑袋消失，自己选吧！别磨蹭！"

公爵夫人选了前者，立刻逃得不见了踪影。

"咱们接着打球去吧！"

王后对爱丽丝说。小姑娘吓得一句话也说不出来，默默跟着王后回到了槌球场。

其他客人趁王后不在，正躲在树下休息呢，他们一见王后回来，都赶紧跑回球场上了。因为王后有令，谁要是耽搁比赛，就让他脑袋搬家。

在比赛过程中，王后一直在和别人争吵，还时不时地下令"砍掉他的脑袋！""把他的头砍了！"于是充当球门的士兵就起身去抓人，结果不到半小时的功夫，球场上连一个球门都没有了。最后，除了国王、王后和爱丽丝之外，所有的人都被王后判了死刑，关押了起来。

到此,女王终于结束了比赛,她气喘吁吁地问爱丽丝:

"你见过素甲鱼吗?"

"没见过,连听都没听说过。"

爱丽丝回答她。

"就是用来熬素甲鱼汤的那个素甲鱼。"

"我没听说过,也没见过。"

"那你就跟我来吧,我让那家伙把它的故事讲给你听。"

当他们准备离开时,爱丽丝听见国王小声对身边的人说:

"我赦免你们所有人无罪。"

"哇,太好了!"

爱丽丝正为那些被王后下令处死的人担忧和伤心呢。

王后领着爱丽丝,朝正晒着太阳睡大觉的格里芬❶走过去。

"起来,懒虫!带这位年轻的小姐去看看素甲鱼,听它讲讲自己

---

❶ 格里芬:即狮鹫。希腊神话中的怪兽,鹰头狮身,长有翅膀。

的经历！我还得去看看死刑执行的怎么样了。"

女王把爱丽丝交给格里分后，就独自离开了。虽然爱丽丝不喜欢格里芬的模样，不过她想，跟它在一起总比跟凶恶的王后在一起要安全多了。所以，她静静地坐在那儿等着。

过了一会儿，格里芬醒了过来，它看王后走远了，才眨巴眨巴眼睛，笑着对爱丽说：

"真是好笑！"

"什么好笑？"

"女王呀！那都是她想象出来的，其实谁也不会被砍头的。跟我来吧！"

"这儿的人可真喜欢吆喝'跟我走！'呀，长这么大我还是头一次被人这么使唤来使唤去呢，绝对头一次！"

爱丽丝慢吞吞地跟在格里芬后面。

走了没多久，他们就看到了素甲鱼，它孤零零地坐在一块石头上。再走近一些才发现，它正伤心地哭呢。爱丽丝觉得它太可怜了。

"它为什么这么伤心呢？"

爱丽丝这么一问，格里芬还是用刚才那种语气回答道：

"那都是它想象出来的，其实它没什么好悲伤的。跟我来吧！"

他们走到素甲鱼跟前，素甲鱼抬起一双眼泪汪汪的大眼睛看着他俩。

"这位小姐想听听你的故事,你给她讲讲。"

"我会讲给她听的。你们两个都坐下,在我说完故事以前不要插嘴。"

格里芬和爱丽丝坐了下来,静静地等了好一会儿。

"要是它不开始讲,这故事怎么能讲完?"

虽然这么想,不过爱丽丝还是耐心地等着。

"从前,我是一只海龟。"

素甲鱼说完这句话,又是一阵长长的沉默。格里芬干咳了两声提醒它,可素甲鱼只是一个劲儿地掉眼泪。爱丽丝真想站起来说:"谢谢你,故事很有趣",可想到素甲鱼后面一定还有话没说完,就安安静静地等着。

素甲鱼终于又开了口。虽然它还在掉眼泪,不过声音是平静的:

"小时候,我在大海里的一所学校学习。我们的老师是一只很老很老的大乌龟,我们都叫它'陆栖龟'。"

爱丽丝好奇地问:

"既然它不是陆龟,你们又为什么那么叫它?"

素甲鱼生气地回答道:

"因为它教我们啊!这你都不知道吗!"

格里芬也附和道:

"连这种破问题都问,你不嫌害臊吗?"

素甲鱼和格里芬都不说话，只是瞪着可怜的爱丽丝。爱丽丝觉得很不好意思，恨不得找个地缝钻进去。最后格里芬终于开了口：

"快往下讲吧，老伙计！别整天磨磨蹭蹭的。"

于是素甲鱼接续往下说：

"我们在海里上学，虽然你可能不信……"

爱丽丝打断它：

"我没说我不信。"

"你刚才说了。"

还没等爱丽丝反驳，格里芬就制止了她：

"别说话！"

素甲鱼接着往下讲道：

"我们接受了最好的教育，事实上，我们每天都去学校……"

爱丽丝又插嘴：

"我也每天去学校，你用不着这么得意。"

素甲鱼用充满怀疑的口气问道：

"你们那儿也有选修课吗？"

爱丽丝回答它：

"当然了，我们还学法语和音乐呢。"

素甲鱼继续问道：

"那你们学洗衣服吗？"

"为什么要学那个！"

"那你们学校可不能算是真正的好学校，我们学校宣传单的最下方可是清清楚楚写着呢——法语、音乐以及洗衣服为选修课。"

素甲鱼像是松了口气。

"但是你们住在海里，好像压根儿用不着洗衣服。"

"我付不起学费学它，就只学了必修课。"

"必修课都学什么？"

"一开始自然是'牍'和'绁'，"素甲鱼答道，"后来则学习了各种计算，像夹法、简法、丑法、锄法。"

"'丑法'？我听都没听说过呢。那是什么？"

格里芬吃惊地抬起两只爪子冲爱丽丝大叫：

"'丑法'你都没听说过？'美法'你总该听说过吧？"

"知道，就是……呃……让什么东西……变好看些？"

"所以……"，格里芬说了下去，"你连'丑法'都不知道是什么，真是个大笨蛋。"

爱丽丝不想再追问下去了，就转头问素甲鱼：

"你们还学了什么？"

"呃，我们还学了历史。"

素甲鱼掰着它的脚蹼数着：

"古代历，近代历，还有海里，接下来是会话。我们的会话老师是一条上了年纪的鳗鱼。它每个星期给我们上一次课，除了教我们怎么会话，还教我们素描和油画。"

"那是什么？"

"我没法演示给你看，因为我太呆板啦。格里芬又没学过。"

素甲鱼说。

"我没时间上那门课，我得去上古典文学课，那门课的老师是一只老螃蟹。"

格里芬接过话茬。

"听说它还教拉丁语和希腊语，不过我没去上过它的课。"

素甲鱼叹了口气说道。

"是的，是的！"

这回格里芬也跟着叹了口气，它们都难过地捂住了脸。

爱丽丝连忙换了个话题：

"你们一天上几个小时的课？"

素甲鱼回答：

"头一天上十个小时，第二天上九个小时，往后每天减一个小时。"

"这安排可真奇怪。"

"所以它们才叫功课,因为它们会一天天减少下去嘛❶。"

这对爱丽丝来说可够新鲜的,所以她的小脑瓜转的飞快:

"照这么算,到第十一天就放假啦?"

"没错。"素甲鱼回答。

"那第十二天怎么办?"

"关于上课的话题就说到这儿吧!"

格里芬不容置疑地打断她的话。

"老伙计,继续给这位少女讲讲游戏的事吧。"

---

❶ 英文中"功课"(lesson)和"减少"(lessen)发音相似,和前面一样都是素甲鱼弄错了词。

10. 龙虾四对舞

素甲鱼长叹一声，拿脚蹼抹了抹眼泪，想开口跟爱丽丝说点儿啥，可哽咽着说不出话来。

"它好像嗓子眼儿里卡了根骨头似的。"

格里芬边说边摇晃着素甲鱼，还咚咚地捶它的背。好不容易素甲鱼才恢复了声音，它一边流着眼泪，一边继续往下说：

"你大概没在海里生活过吧？（爱丽丝回答它："嗯，没有。"）那你应该也没见过龙虾吧。（爱丽丝刚想说"以前倒是吃过……"，不过她马上改口说："对！没见过。"）所以你肯定不知道龙虾四对舞有多好玩了！"

"我的确不知道。四对舞我倒是听说过，但是不知道龙虾四对舞是什么舞蹈。"

格里芬接过话来：

"这个嘛，首先，它们会沿着海边站成一排……"

"是两排！"素甲鱼叫起来，"海豹、海龟、鲑鱼……都得站好。

接着还要把水母全都清走。"

"要费不少工夫呢！"格里芬插嘴。

"然后向前走两步……"

"每人都要找一只龙虾做舞伴！"格里芬说道。

"那当然啦。"素甲鱼道，"往前走两步，找到舞伴……"

"然后交换龙虾舞伴，再退回原位……"格里芬接过话来。

"然后就……就扔出去！"素甲鱼说道。

"扔龙虾！"格里芬大叫，声音直冲云霄。

"用力地扔到海里……"

"再游过去追它们！"格里芬喊。

"在海里翻个跟头！"素甲鱼手舞足蹈地大声说。

"再交换龙虾舞伴！"格里芬用尽全身力气喊道。

"最后再次回到岸上。这就是基本动作。"

说到这里，素甲鱼突然声音一低。刚才还像疯子似地手舞足蹈的两人又变得一脸悲伤，安静地坐了下来，看着爱丽丝。

"这舞一定很好看。"爱丽丝怯怯地说。

"你想看吗？"素甲鱼问。

"嗯，我真的很想看。"爱丽丝犹犹豫豫地说。

于是素甲鱼开口对格里芬说：

"咱们来给她表演一下开头部分吧,开头部分没有龙虾也可以的,不是吗?唱支什么歌呢?"

"你来唱吧!我不记得歌词了。"

于是它们俩围着爱丽丝,认真地跳起舞来。它们和着拍子挥动前爪,当它们靠爱丽丝太近时,还不时会踩她一脚。素甲鱼慢悠悠地唱起了歌,声音非常悲伤:

鳕鱼对蜗牛说:走快点好吗?

后面有只海豚,老踩我尾巴。

你瞧龙虾和海龟,游得多快呀!

大家都在海滩上等着我们呢。你会来跳舞吗?

你会来跳舞吗?会吗?不吗?会吗?不吗?

你会来跳舞吗?会吗?不吗?会吗?不吗?

当我们被捡起来扔进大海时,

你知道这多么有趣吗?

蜗牛瞥了一眼说:"太远啦,太远啦!"

它对鳕鱼说谢谢,但舞会自己可不想参加。

不想参加,不能参加,不想参加,不能参加!

不想参加，不能参加，不想参加，不能参加！

他那满身鳞片的鱼朋友劝说它：
"远又有什么关系呢？对面也有海岸呀！"
离英格兰越远，就离法兰西越近呀。
亲爱的蜗牛别害怕，你会来跳舞吗？
你会来跳舞吗？会吗？不吗？会吗？不吗？
你会来跳舞吗？会吗？不吗？会吗？不吗？

"谢谢你们，这舞太有意思啦！那首怪里怪气的关于鳕鱼的歌我好喜欢！"

爱丽丝开心地说，她为那舞蹈终于结束了感到由衷的高兴。

"哦，说起鳕鱼，它们——你见过吧？"素甲鱼问。

"见过几次，在餐厅……"爱丽丝说到这儿立刻打住了。

"我不知道餐厅是哪儿。不过，既然你常见到它们，应该知道它们长什么样子吧。"素甲鱼问爱丽丝。

"当然知道啦，它们的身上满是面包屑，尾巴也一直弯到了嘴里。"

"它们的身上是不会有面包屑的，因为面包屑都会被海水洗净的。不过，它们的尾巴倒的确是含在嘴里，这是因为……"

说到这儿,素甲鱼打了个哈欠,眨巴着眼睛对格里芬说:

"你来告诉她为什么。"

"说到原因……"格里芬开了口:"……那是因为它们跟龙虾一起跳舞,结果被丢进海里,要跌落很长一段距离,于是它们赶紧咬住尾巴,结果就没法吐出来了。就是这么回事。"

"谢谢你的讲解,这太有趣啦。以前我对鳕鱼知道得太少了。"爱丽丝说道。

"要是你觉得有趣,我还可以多讲些。"格里芬说,"你知道它们为什么叫鳕鱼吗?"

"我从来没想过这个问题。"爱丽丝说,"为什么呀?"

"因为它能用来擦靴子和皮鞋❶。"

格里芬一本正经地告诉她。这下可把爱丽丝弄糊涂了。

"擦靴子和皮鞋?"

"正是。你擦过鞋吗?你会用什么把鞋擦亮?"

爱丽丝低头看了看自己的鞋子,想了一下回答它:

"用黑鞋油。"

格里芬接过话来:

---

❶ 鳕鱼的英文名为 whiting,whiting 还指用来擦亮银器的白粉,这是作者在玩文字游戏。

"在海里，鳕鱼是负责擦鞋的，鳕鱼会把皮鞋擦得像自己的光脑袋一样雪亮雪亮的，所以它的名字叫鳕鱼。明白了吧？"

"那靴子和皮鞋是用什么做的啊？"爱丽丝问它。

"当然是用鳎鱼和鳗鱼做的。随便哪只小虾米都能回答你。"格里芬郁闷地回答她。

爱丽丝还在想刚才那首歌呢，她说：

"要是我是鳕鱼，我就对鼠海豚说：'你走开，我不想和你一起跳舞。'"

"鼠海豚会让其他小鱼跟着它的。"素甲鱼说，"聪明的小鱼不管去哪儿都跟鼠海豚一起。"

"真的吗？"爱丽丝惊讶地问。

"当然是真的。要是一条小鱼来找我，告诉我它要出远门的话，我肯定会问它'有什么鼠海豚？'"

"难道不是'有什么目的❶'吗？"

"我说是什么就是什么！"素甲鱼不高兴了。

"得啦得啦，下面轮到你给我们讲你的冒险经历了。"格里芬打圆场。

爱丽丝有些不太好意思地说道：

---

❶ "鼠海豚"一词的英文"porpoise"和"目的"一词的英文"purpose"发音相近。

"那我就从今天早上开始说起吧,昨天的经历说了也没什么意义了,因为我已经不是昨天那个我了。"

"解释清楚!"

素甲鱼这么一说,格里芬就不耐烦地说:

"不,不!先讲冒险。解释太浪费时间了。"

于是爱丽丝从她看到白兔那里开始讲起,两个动物一边一个凑在她跟前,眼睛瞪得溜圆,嘴巴张得老大,这叫爱丽丝没法不紧张。不过她越讲胆子越大,而那两个听众就安安静静地听着。但当爱丽丝讲到背诵《威廉神父你老啦》这一段时,素甲鱼长长地抽了一口气:

"这个故事太奇怪了!"

"简直没法再奇怪了。"

格里芬也跟着附和道。

"背得乱七八糟的。我想听爱丽丝背些别的诗,快叫她背吧。"

素甲鱼说着看向格里芬,好像格里芬能够命令爱丽丝似的。于是格里芬对爱丽丝说道:

"站起来背一下《懒汉的声音》。"

爱丽丝心想:

"这些家伙动不动就使唤人!我还不如待在学校呢!"

尽管如此,她还是起身背起了这首诗。但是她满脑子想的都是龙

虾四对舞的事,这使她自己都不知道自己在说什么,结果背出来的都是些奇奇怪怪的句子。

我听见龙虾用坚决的语气讲:
你把我烤得太黄,得在我的头发上撒点白糖,
就像鸭子用它的眼皮那样,龙虾也会用自己的鼻子,
整理着他的腰带和纽扣,还把脚趾翻了出来。
(接下来的段落是这样的)
等沙子都变干,龙虾会变得快乐如云雀,
会像鲨鱼一样傲慢地高谈阔论。
可当大海一涨潮,鲨鱼将其包围时,
龙虾就吓得直发抖,声音也跟着变小啦。

"这和我小时候背的不一样啊。"格里芬说。

"净是些胡言乱语!而且还是我从没听过的胡言乱语!"素甲鱼说。

爱丽丝不吭声地坐下,她双手捧着脸,心想不知道到底有什么东西还是正常的。

"给我们解释一下吧。"素甲鱼说。

"她解释不了。"格里芬忙说,"让她接着背下一首吧。"

"可是,脚趾头是怎么回事?鼻子怎么能把脚趾头掰出来?"假乌龟问道。

"那是跳舞时的第一个动作。"

爱丽丝解释道。其实她整个人已经被弄迷糊了,她现在只想快点换个话题。

"背下一首吧,第一句是'我路过他家的院子'。"格里芬说道。

爱丽丝不敢违背它的意思,只好乖乖开始背诵,但她知道自己肯定会背错,所以声音直打战。

我路过他的花园,
用一只眼睛瞧见猫头鹰和豹子在分一个馅饼吃。
豹子分到了饼皮、肉馅和肉汁,
留给猫头鹰的只有一只空盘子。
在吃完馅饼后,豹子好心地告诉猫头鹰,
"允许它将勺子拿走"。
而豹子则吼叫着拿走了刀子和叉子。
宴会刚一结束……

"要是不能边背边解释,背那么多又有什么用?"素甲鱼插嘴抱怨,"真是我听过的最乱七八糟的诗!"

"好吧,那还是不要再背了。"格里芬说道。

爱丽丝高兴坏了,她正求之不得呢。

"你想不想听更多关于龙虾四对舞的事?还是说让素甲鱼再给你唱支别的歌?"

格里芬问爱丽丝。

"啊!要是乐意的话,能给我唱首歌吗?"

爱丽丝忙不迭地请求,这让格里芬很生气,它说:

"哼,一点儿品味也没有!老伙计,要不你就给她唱首《乌龟汤》?"

于是素甲鱼用低沉的声音唱了起来,歌声时不时被它的抽泣打断。

美味的汤,又浓又绿,
热乎乎地盛在碗里!
这样的美味谁不想吃?
晚餐的汤,美味的汤!
晚餐的汤,美味的汤!

美～味～的～汤!

美～味～的～汤！

晚～餐～的～汤！

美味的，美味的汤！

美味的汤！有了汤喝，谁还在乎有没有鱼吃！

谁还在乎山珍野味，或其他菜式！

美味的汤竟然只卖两便士，

美味的汤竟然只卖两便士！

美～味～的～汤！

美～味～的～汤！

晚～餐～的～汤！

美味的，美～味的汤！

"合唱部分再来一次！"

格里芬大叫道，于是素甲鱼又唱起了合唱部分，这时，远处传来一声大喊：

"审讯开始啦！"

"跟我走！"

不等素甲鱼把歌唱完，格里芬就拉着爱丽丝的手跑了起来。

"什么审讯啊?"爱丽丝气喘吁吁地问。格里芬也不回答,只是催促着"快点儿!",然后就拉着她跑得更快了。他们身后隐隐约约传来了素甲鱼忧伤的歌声:

晚~餐~的~汤!
美味的,美味的汤!

11. 谁偷了馅饼？

他们赶到法庭，看到红心国王和红心王后正端坐在宝座上，他们头上戴着大大的王冠。围着宝座的除了各种小动物外，还有整整一副扑克牌。红心武士站在他们面前，他被绑了起来，两个士兵正押着他。那只白兔在国王身边站着，它一只手拿着喇叭，另一只手拿着一卷羊皮纸。法庭中央摆放着一张桌子，上面放着一大盘馅饼，看上去美味极了，爱丽丝看得都饿了。

"要是能快点结束审判就好了，这样就可以和大家吃馅饼了！"

但看样子审判不会很快结束，于是爱丽丝就东张西望地打发时间。

爱丽丝从未亲眼见过法庭审讯，不过她在书上看过。她开心地发现，这里的一切她都能叫上名字来。

"那个人应该是法官，因为他戴着一大顶假发。"

法官就是国王本人，所以他的王冠只好戴在假发上，看样子并不舒服，而且也不好看。

"那边坐着的应该是陪审团，一共有十二只小动物呢（她不得不称其为"小动物",因为里面既有小鸟,又有小兽)……"爱丽丝继续自言自语,"……所以该叫它们陪审员。"——爱丽丝把这句话重复了两三遍,心里觉得很得意。因为她这个年龄的小女孩,没几个人知道这么多,就算直接说"陪审员"她们也不会懂的。

此时,陪审员们正忙着在石板上写着什么。

"它们在写什么呀?"爱丽丝悄悄地问格里芬,"审判不是还没开始吗?"

"它们在写自己的名字,以防审判还没完就把自己名字给忘了。"格里芬也小声地告诉她。

"太蠢啦!"

爱丽丝生气地大叫。这时兔子喊道:"全体肃静!"爱丽丝立刻闭上了嘴。国王戴上了眼镜,想看看还有谁在说话。

爱丽丝的目光越过陪审员的肩膀,看到所有的陪审员都在石板上写下了"太蠢啦"三个字。其中一个还不会写"蠢"字,只好向邻座打听。

"没等审完石板就被写得乱七八糟了!"

爱丽丝心想。

有个陪审员在石板上写字时总是发出嘎吱嘎吱的声响,爱丽丝受不了这个刺耳的声音,就起身绕到它后面,夺走了它的铅笔。爱丽丝动作太快了,所以那个可怜的陪审员(正是小蜥蜴比尔)根本搞不清发生了什么，它四处找了半天，却没找到铅笔，便只好用一根手指在石板上划来划去，但这毫无意义，石板上是不会留下什么痕迹的。

"传令官，马上宣读审判书！"国王发布命令。

话音刚落，白兔就拿起喇叭吹了三声，然后展开羊皮纸宣读起来：

阳光灿烂的夏日里，
王后做了一盘馅饼。
偷走它的红心武士，
准备悄悄逃离出境！

"作出判决吧！"国王对陪审团说。

"还没到这一步呢！在这之前还有一些重要的程序。"白兔阻止了国王。

"好吧，传第一证人！"

国王一下令，白兔又吹了三声喇叭，喊道：

"第一证人到庭！"

第一证人原来是那个制帽匠。只见他一手拿着茶杯，另一只手拿着块抹了黄油的面包，对国王说道：

"请陛下原谅，我带来这些东西是因为下午茶时间还没结束。"

"你该吃完再来的。下午茶是从什么时候开始的？"

"我记得是3月14日。"

制帽匠看了看跟他一起来的三月兔，当时它挽着睡鼠的手跟着他出了庭。它纠正制帽匠：

"是15日。"三月兔说。

"是16日。"睡鼠又补充道。

"记下来！"

国王对陪审团命令道。陪审员们忙把三个日子认认真真地写在了石板上。紧接着，它们把三个数字加在了一起，换算成了先令和便士。

"摘下你的帽子！"国王喝令制帽匠。

制帽匠解释说："这不是我的帽子。"

"那就是你偷的！"

国王大叫着，把头扭向了陪审团，陪审员们赶紧记录下来。

"我戴帽子是为了卖帽子，我自己没帽子，我的帽子都是用来卖钱的，因为我是个制帽匠。"制帽匠只好解释一番。

此时，女王戴上了眼镜，紧盯着制帽匠。制帽匠立刻被吓得脸色苍白，手足无措。

"把证据呈上来吧！还有，别再紧张了，你要是再紧张，现在就把你处死！"国王说道。

可国王的话根本没让制帽匠宽心，他不安地看着王后。慌乱中，他还把茶杯当成黄油面包咬了一口。

这时，爱丽丝产生了一种奇怪的感觉，刚开始她不清楚是怎么回事，好半天才明白过来，原来她的身体又开始变大了。爱丽丝觉得应该离开这里，不过她转念一想，还是决定留下来，因为只有这里能容纳下那么大的她。

"你别挤啊！我都喘不过气来了！"

旁边的睡鼠冲爱丽丝抱怨。

"我也没办法，因为我的身体在变大。"爱丽丝和气地回答它。

"你无权在这里长来长去的！"睡鼠抗议。

"废话！你自己不也会长大吗？"爱丽丝大声争辩道。

"没错，可是我长大的速度很正常，不像你，长大的速度快得不像话！"

说着睡鼠就愤愤地起身，走到法庭另一边去了。

就在爱丽丝和睡鼠争吵的时候，王后依旧在盯着制帽匠。睡鼠穿过法庭的时候，她对一位官员下令：

"给我把上次音乐会的歌手名单拿来！"

可怜的制帽匠一听，吓得浑身发抖，甚至连鞋子都抖掉了。

"把证据呈上来！否则不管你紧不紧张，都会砍掉你的脑袋。"

国王再次命令道。

"请您可怜可怜我吧,陛下!我才刚开始吃下午茶,吃了还不到一个星期呢。黄油面包变得越来越薄,连茶也开始隐隐发光……"

"你刚才说什么东西隐隐发光?"国王问。

"茶。"制帽匠回答。

"茶当然会发光了,因为'闪光'可离不开'茶'啊❶!你当我是傻瓜吗?继续往下说!"国王呵斥道。

"请可怜可怜我。自那之后,大多数东西都开始闪光了,但只有三月兔这么说……"

"我没说过!"三月兔赶忙插嘴。

"你说了!"制帽匠坚持。

"我否认!"三月兔说。

"既然它不承认,就换个话题吧。"国王命令陪审团。

"好的。不管怎样,睡鼠说过……"制帽匠说到这儿紧张地四下张望,担心它也不肯承认。可是睡鼠早已经呼呼大睡,并没有说什么。

"然后,我又切了几片黄油面包……"制帽匠接着往下说道。

"但睡鼠到底说过什么?"这时,有一位陪审员发问了。

---

❶ "闪光"的英文为 twinking,"茶"的英文是"T"开头,发音也与"T"一致,此处为作者的文字游戏。

"我忘了。"制帽匠回答。

"你必须记起来，不然我就砍掉你的脑袋。"国王说道。

可怜的制帽匠赶紧把手上的面包和茶杯一丢，单膝跪地乞求道：

"我是个可怜人，陛下。"

"不，你只是个可怜的制帽匠。"国王道。

这时，一只豚鼠突然欢呼起来，不过很快就被法庭官员制伏了。（"制伏"这个词有点难懂，所以要详细说明一下它们是怎么做的——它们拿来一只大帆布袋，把这只乱叫的豚鼠头朝下塞了进去，用绳子扎紧口，然后坐在了布袋上头）。

"真高兴能亲眼看到这样的事！以前只在报纸上看到过'审判结束时有人想鼓掌，立即被制伏'的新闻，还不明白是怎么回事，现在终于明白啦。"

爱丽丝心想。

"要是没有其他需要补充的，那你就下去吧！"国王命令。

"我已经在地板上了，没有办法再往下了。"制帽匠答道。

"你可以坐下。"

这时，又一只豚鼠欢呼起来，也马上被制伏了。

"这下豚鼠算是完了！接下来审判应该会顺利一些啦。"爱丽丝想。

"我宁愿喝完这杯茶。"制帽匠小心翼翼地看着王后，此时王后正在看那份演唱者名单呢。

"你可以走了！"

国王话音刚落，制帽匠就一溜烟地离开了法庭，甚至连鞋都忘了穿。

此时，王后命令一位官员："等他到了外面，就砍了他的头！"

可是当那位官员赶到门口时，制帽匠早已跑得无影无踪了。

"传下一个证人！"国王命令。

第二个证人是公爵夫人的厨师。她手里拿了一盒胡椒，所以没等她进门，爱丽丝就已经猜到是谁了，因为门边的人都在不停地打喷嚏。

"把证据呈上来！"国王命令道。

"我做不到。"厨师竟如此回答。

国王着急地看了白兔一眼，白兔便小声地出了个主意：

"陛下，您必须仔细盘问她。"

"那好吧，若必须盘问的话，就只好盘问了。"国王无奈地说。他双手抱在胸前，紧皱着眉头看着厨师，最后用低沉的声音问道：

"馅饼是用什么做的？"

"主要是胡椒！"

"是糖浆。"

从厨师身后传来一个懒洋洋的声音。听罢王后马上尖叫起来：

"逮住那只睡鼠！砍掉它的脑袋！把它扔出去！制伏它！拧它！

拔掉它的胡子！"

接下来的一段时间里，整个法庭立刻乱成一团，大家都忙着把那只睡鼠赶出去。等到众人重新回到自己座位上时，发现厨师早逃走不见了。

"没关系。传下一个证人！"国王松了一口气，接着小声对王后说道：

"亲爱的，下一个证人你来审问吧，我头都疼了。"

爱丽丝看着正在翻羊皮纸的白兔，很想知道下一个证人会是谁。

"他们现在什么证据都还没得到呢。"她这样想着。

但当白兔尖着嗓门叫出下一个证人的名字时，想象一下她有多吃惊吧。因为白兔喊出的名字是：

"爱丽丝！"

12. 爱丽丝的证言

"到！"

爱丽丝忙一骨碌站了起来，慌乱中她忘了自己已经变得又高又大，加之起身时过于急促，使得裙边扫过陪审席，把陪审席也带翻了，这些陪审员一股脑儿翻倒在下面的旁听者头上，并四仰八叉地躺在那里，那模样让爱丽丝想起了上个星期她打翻的那缸金鱼。

"妈呀！真对不起！"

爱丽丝非常慌张，赶紧把这些小动物捡起来放回陪审席。因为她满脑子都是那些金鱼，所以她觉得要是不把这些小动物赶紧放回原位，它们准会死掉。

"审讯没法进行了！"国王严肃地宣布，"暂停审讯！等所有陪审员回到原位再开始！"

国王怒气冲冲地瞪着爱丽丝，狠狠地重复着之前的话。

爱丽丝看看陪审席，发现自己在慌忙之中，竟把小蜥蜴比尔给放了个头朝下。可怜的小家伙动弹不得，只能忧伤地摇着尾巴。爱丽丝忙把它翻了过来，自言自语道：

"其实这样做也没什么意义，我只能认为比尔会发挥和其他陪审员一样的作用。"

等到陪审员们渐渐地从刚才的冲击中恢复了过来，便找到自己的石板和铅笔，把刚才发生的混乱从头到尾记录了下来。只有小蜥蜴比尔好像还没缓过来，只是呆坐在那儿傻傻地望着天花板。

"关于这件案子，你知道些什么？"国王问爱丽丝。

"我什么也不知道。"爱丽丝回答。

"一点也不知道吗？"国王追问道。

"一点也不知道。"爱丽丝答。

"这句话很重要。"国王把头转向陪审团，它们正拿着石板准备把这句话记录下来。

"陛下的意思当然是'这句话不重要'。"

白兔打岔说，它虽然语气郑重，但却一直对国王挤眉弄眼儿。

"我的意思当然是不重要。"

国王急忙改口，接着他小声嘀咕，仿佛想试试哪个字眼儿更好听：

"重要……不重要……重要……不重要……"

结果，有的陪审员记下的是"重要"，有的却记着"不重要"。站在一旁的爱丽丝把这些看得清清楚楚。

"反正没什么关系。"她想。

刚才还忙着在本子上写着什么的国王突然大喊:"肃静!",然后照着本子宣读:

"第四十二条规定,凡是身高超过一千厘米的人,必须离开法庭。"

大家全都看向爱丽丝。

"我没有一千厘米高。"爱丽丝申辩。

"你有。"国王说。

"看着快两千厘米啦!"王后也附和道。

"不管怎么说,我是不会走的。再说,这条规定一点都不合理,因为是你刚才编的。"爱丽丝说。

"这是本子里最古老的一条规定。"国王说。

"那它不该是第一条规定吗?"爱丽丝反驳。

国王大惊失色,急忙合上本子,用低沉而发抖的声音对陪审团说:

"你们快点儿做出裁决!"

这时,白兔跳起来打断了他:

"陛下,还有别的证据。这儿有一张刚刚拾到的纸。"

"里面写着什么?"王后问。

"还没打开看,不过好像是犯人写给……写给某个人的信。"兔子说。

"当然是写给谁的了，要是不写给谁，那写信还有什么意义？"国王说。

"信是写给谁的？"一位陪审员问。

"不知道是写给谁的，实际上，信封上什么也没写，既没有地址，也没有人名。"白兔说着打开了那张纸，"这根本不是信,倒像是一首诗。"

"是犯人的笔迹吗？"另一位陪审员问。

"不是。这正是最奇怪的地方。"（白兔的话让陪审员们一愣。）

"他一定是模仿了别人的笔迹。"（国王的话又让陪审员们恍然大悟。）

"陛下，"

红心武士开口了．

"那不是我写的，也没有证据能证明是我写的，诗的末尾也没有署名。"

"要是你没写名字的话，你可就犯下更大的错误了！因为你肯定在捣鬼，不然就会诚实地写上自己的名字了。"

国王刚说完，台下就响起了热烈的掌声，因为这是国王今天说过的第一句聪明话。

"这就证明了他有罪。"王后说。

"这什么也不能证明！我们连上面写的是什么内容都还不知道

145

呢！"爱丽丝打抱不平。

"那就读一下！"国王命令道。

"陛下，请问从哪里开始读？"

白兔掏出眼镜来戴上，然后问国王。

"从头读起，一直读到尾，然后停下。"国王一本正经地说。

于是白兔开始读起这首诗：

人们告诉我，你去找过她，
还对她说起了我。
尽管她称赞了我，
但她说我不会游泳。

他捎话说我没有去，
（我们知道这是真话。）
要是她继续追问，
你会怎么办？
我给了她一个，他们给了俩，
你给了我三个或更多；
最后，它们全都到了你手上，

尽管它们从前全是我的。

无论是我还是她,
如果被卷入这事件;
他相信你会宽恕他们。
正如之前我们所做的那样。

我认为,你是个障碍,
(在她读到这篇诗章之前。)
夹在他、我们和它们之间。

别让他知道她最喜欢它们,
这是个秘密,无论发生什么,
都不能让别人知道,
除了你和我。

"这可是目前我们听到的最重要的证据。"国王搓搓手,"所以现在请陪审团……"

"要是哪个陪审员能把这首诗解释清楚,我就给它六个便士。我觉得这首诗根本没有任何意义。"爱丽丝说。(在刚才那段时间里,她已变得无比巨大,所以她敢于打断国王的话了。)

全体陪审团都在石板上记下:"爱丽丝认为那首诗没有任何意义。"但却没有人站出来解释一下这首诗。

"要是没有任何意义的话,我们倒省了麻烦,因为我们不用再找什么意义了。而且我还不知道……"

国王边说边把这张纸摊到膝盖上,瞥了一眼后说道:

"这地方好像还是有点儿意义的……'说我不会游泳',那么你不会游泳吧,对吗?"他问红心武士。

红心武士悲哀地摇摇头:

"我看起来像是会游的吗?"(他当然不会,因为它的身体就是一张硬纸板。)

"到现在为止,一切顺利。"

国王嘟囔道,接着又念起那首诗来。

"'我们知道这是真话',这里的'我们'指的肯定是陪审团了。'我给她一个,他们给了俩'……说明什么?肯定是那家伙偷了馅饼啊!"

"可是下面又说'最后,它们全都到了你手上'呀。"爱丽丝指出。

国王一指桌上的馅饼,得意扬扬地说:

"没错!它们都在那里放着呢。"国王洋洋得意地说,并指着桌子上的馅饼,"这可再明白不过了。接下来,'在她读到这篇诗章之前'……亲爱的,我想你从来没有读到过吧?"

他问王后。

"从没有!"

王后怒吼着,把墨水瓶朝小蜥蜴比尔砸了过去。(倒霉的小比尔已经不再用手指头在石板上划来划去了,因为什么也写不出来。这下正好,它蘸了蘸顺着脸往下淌的墨水,又开始写了起来。)

"看来,这句话并不适合你。"国王微笑着环视安静的法庭。

"这是个玩笑!"国王突然怒气冲冲地说,然后大家全都笑了。

"陪审员快点做出裁决!"国王又说道,这句话他今天说了不下二十遍了。

他的话音刚落,女王纠正道:

"不,不对。应该先判刑,再裁决。"

"真是胡说!哪有先判刑再裁决的?"爱丽丝不服气地大叫道。

"闭嘴!"王后气得面红耳赤。

"偏不!"爱丽丝不依不饶地喊道。

"给我砍掉她的脑袋!"

王后嘶吼着，但是没有人动弹。

"谁会听你的？"爱丽丝说（这时她已经变回了原来的大小）。"你们只不过是一副扑克牌而已！"

听到这里，全体扑克牌都飞到空中，朝爱丽丝扑了过来。爱丽丝又气又怕，尖叫着想抖落它们……这时，她却发现自己正枕着姐姐的膝盖躺在河岸边，姐姐正在轻柔地拂去落在她脸上的枯叶。

"爱丽丝，醒醒。你睡了太久啦！"姐姐对她说。

"我做了一个非常奇妙的梦！"

爱丽丝就把自己能记起的奇遇讲给姐姐听。在她讲完后，姐姐吻了她一下，说道：

"真是个奇妙的梦呀。不过我们该回家喝茶啦，天不早啦！"

于是爱丽丝站起来向家中跑去，边跑边想：这真是一个奇妙的梦。

爱丽丝离开后，她的姐姐仍坐在那儿，托着腮，静静地看着渐渐落下的夕阳，想着爱丽丝奇妙的冒险。想着想着，她也睡着了，进入了梦乡。姐姐的梦是这样的：

开始，她梦见了小小的爱丽丝，她双手抱膝，用明亮而又迫切的目光抬头看着自己。她清楚地听到了爱丽丝的声音，还看到她甩了甩头，想把那缕遮住眼睛的头发甩到后面去。接着，在她似听非听着爱丽丝的声音时，妹妹梦见过的那些人和小动物都出现了，周围随之热闹起来：

　　白兔从自己的脚边匆匆跑过去，弄得草叶沙沙响，一只老鼠因被旁边水塘里的水溅到而惊慌失措；三月兔和朋友们吃着那顿永远也不会结束的茶点，听到它们把茶杯碰得叮当作响；王后叫嚣着要砍掉那些倒霉的宾客的头；猪宝宝在公爵夫人腿上打喷嚏以及盘子飞出去摔碎的声音；格里芬的大叫声，小蜥蜴拿铅笔写字时发出的刺耳声音；被制伏的豚鼠被绑了起来；还有远处传来的素甲鱼的抽泣声。

　　姐姐闭着眼睛坐在那儿，幻想自己身在那个奇妙的梦境中，尽管她知道只要睁开眼，自己就会回到现实中：青草被风儿吹动，沙沙作响，池水随着摇摆的芦苇泛起一圈圈的波纹，梦中碗碟摔碎的声音，会被小羊脖子上的铃铛"叮当叮当"的响声代替；女王的呵斥声，则由被放羊少年的喊声代替；猪宝宝的喷嚏声、格里芬的叫声，其实是繁忙的牧场上嘈杂的声音（姐姐都知道）。远处牛群的叫声也会代替素甲鱼的哭泣声。

　　最后，她想象着自己的小妹妹长大成人后的模样，她想知道妹妹会怎样保持儿时那单纯可爱的童心；小孩子们会怎样聚集在爱丽丝周围，听她讲许许多多奇妙的故事；当孩子们听到这个梦游仙境的故事时，眼神会变得怎样明亮热烈；爱丽丝又会怎样和孩子们分享他们单纯的

快乐，分担他们纯粹的忧伤，因为这些纯粹的忧伤也存在于她自己的童年时光，以及那愉快的夏日回忆之中。